東京日記 3+4

ナマズの幸運。／不良になりました。

川上弘美

集英社文庫

目次

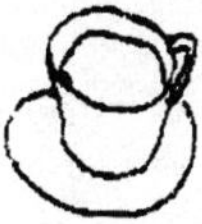

東京日記3

ナマズの幸運。

東京日記4

不良になりました。

東京日記 3+4

ナマズの幸運。
不良になりました。

東京日記3
ナマズの幸運。

鳩の鳴きまね。

三月某日　曇

前の晩の眠りが浅かったせいか、昼間うとうとしてしまう。

ゲラの校正をしながら、いつの間にか机につっぷしている。意識がほんのちょっぴり残っているのだけれど、体は眠りの中にある。いろいろな声が聞こえる。

「マンションのあかりはいっせいに点《つ》くよ」

「みかんのすじを『しの』と言うひとがいるよ」

「今夜はきっと風が強いよ」

「プレートテクトニクス説によれば、あたしたち人類は二十一枚のプレートの上にのっかってるんだよ」

「二十一枚しかないんだよ、どうする？」

声は近づいたり遠ざかったりする。プレートテクトニクスってなんだっけ、と思いながら、体はますます深く眠りの中へとひきずりこまれてゆく。

三月某日　晴

美容院に行く。生まれて初めて髪を染める。

しらがが増えたなあと思っていたのだけれどずっと知らないふりをしていたのを、いよいよほっておけないと観念したのである。

「しらが、たくさんなんです」と言うと、美容師さんは、「知ってます」と答えた。

「知ってたんなら、今までどうして染める関係の話をしなかったんですか」少しばかり憮然《ぶぜん》としながら聞き返すと、

「だってカワカミさん、そういう話するとびくびくしちゃうでしょ」美容師さんはにこにこしながら、答えた。

言い返せなくて、黙る。新しいことに対して怖がりなことを、通いはじめて五年ほどの間にしっかり把握されているのだった。

びくびくしながら、しらがのかたまっているはえぎわのあたりをいろいろしてもらう（なんとか、という染めかたの名前があるのだけれど、新しいこと拒否症のため、覚えられない）。

ぜんたいは今まで通り黒、しらが部分はちょっと茶色という、まじったモノになって、家路をたどる。家に帰ってからも、しばらくの間、びくびくは体から離れなかった。

三月某日　晴

歩いていたら、五十代ほどの男のひとがひょっと横道からすぐ目の前にあらわれる。つらなって、歩く。

男の人のかぶっている鳥打ち帽の、後頭部のまんなかあたりに、帽子のサイズを調節するための穴がある。その穴から、男のひとのポニーテールに結んだ髪が、しっぽのように出ている。

（髪を結んで帽子をかぶる時の、これがお作法なんだろうか）と思いながら、じっと見入る。穴の大きさと結ばれた髪の量がぴったりで、なんだかちょっと気持ちがわるい。

三月某日　晴

桜が少し咲きはじめる。一枝の、百ある花のうちの、三つくらいが開いている感じ。うれしくて、近所の桜並木の前を五往復する。

三月某日　晴

昨日は百のうち三つ開いていた桜が、翌日の今日は、突然すべて開花している。開きはじめてから満開までの時間が短すぎたので、心の準備ができていない。しばらくてのひらをぎゅっと結んだまま立ちすくんでいたけれど、どうにもしょうがない。鳩《はと》の鳴きまね（デデ、デデと、喉の奥をならす。気持ちのやりどころに困る時におこなう）を何回かしてから、とぼとぼと帰る。

みなぎる気力。

四月某日　晴

ちかごろ、パンツの色が気になっている。

「年とってきたらね、赤いパンツをはくものなのよ。赤いパンツは何しろ、気力がみなぎりますからね」と、親類のおばさんに言われて以来である。

赤いパンツは、持っていない。

それで、駅前のお店に買いにゆく。

二枚買う。洗濯してふにゃふにゃさせてからはいたら、なるほど、気力が少しだけ湧いてきたような感じ。みなぎる、までは行かないのだけれど。

湧いた気力でもって、ほんのぽっちり、仕事をする。

四月某日　晴

買ってきた赤いパンツの、もう片方を、はく。

気力はやっぱり「みなぎる」ほどではない。しょぼしょぼと仕事をする。ときどき気になって、スカートをめくってみる。パンツは赤い。とてもとても、赤い。赤くて赤くて、なにしろ、赤い。

だんだん、どぎまぎしてくる。

四月某日　晴

今日も赤いパンツをはこうとするのだけれど、どうにも赤い色になじまない自分を、もてあます。

くよくよ迷ったすえ、思いきって黒いパンツをはく。

「黒いパンツとか、紫色のパンツとかは、精気をすいとるから、いけませんよ」と、くだんの親類に言われてはいるのだけれど、生来のあまのじゃくがどうしても抑えられないのである。

一日黒いパンツをはいて、たくさん、仕事をする。

四月某日　曇

編集のひとから、電話がくる。

喋《しゃべ》りかたに特徴のあるひとで、普通ならば平坦に「原稿受け取りました」というところを、「げんこぅう〜、ぅうっけとりまっしたぁああ〜」と、派手に節をつけてくれるのである。

最後の「したぁああ〜」の、「ああ〜」部分は、瞬間的に一オクターブほど、かけのぼるようにして高音になってゆく。

電話をきった後で、もう一度その喋りかたを聞きたくなって、編集部に電話をかけなおしてしまう。

「あぁぁぁ〜、何かありましたぁああ〜」

先ほどよりもさらにバージョンアップした抑揚をつけながら、編集のひとは電話にでてきた。感動で、しばらく声が出ない。

「あのぉぉぉぉぉぉぉぉぉぉ〜」という声が電話の向こうから聞こえてくる。

もう一度、このひとから何かの依頼が来たら、何をおいてでもがんばって書こう。強く決意しながら、受話器をにぎりしめる。

四月某日　雨

黒いパンツをはいたらたくさん仕事ができたので、紫のパンツも用意しておこうと、いさんで買いにゆく。

黒いのを新たに二枚、紫のも二枚買って、満足する。紫のうち、一枚は、おへそあたりまでくるおばさん型、もう一枚はほとんど面積というものを持たない、エッチ型。

どちらをはいた時に仕事がはかどるか、しばらく統計をとってみるつもり。

前世はぜいろく。

五月某日　晴

パンツの統計（十九頁参照）を、取りつづける。おばさん型八、エッチ型二の割合で、どうやらおばさん型着用時の仕事はかどり率の方が、かなり高い。

ただ、エッチ型のときに一回だけ、「今日の仕事はこの一年の中でも、もしかすると一番の出来かも」という日があった。

ふだんはおばさん型、ここ一発の勝負どきにはエッチ型。

という結論を、忘れないように、手帳に書きこむ。どの欄に書こうか、少し迷ったけれど、毎月必ず見るために、「東京人」編集部の連絡先のすぐ下に、書いた。

五月某日　曇

古本屋に行く。

「日本交通趣味協会」の出している『全国駅名便覧』を買う。おそらく数年おきに定期的に発行されていたものだろうけれど、この版には特に、「日本国有鉄道最終版」と、ある。

国鉄がJRに変わろうとする、昭和六十二年発行のものなのであった。

「かわかみ」という駅と、「ひろみ」という駅を、探してみる。

「川上」は、北海道足寄《あしよろ》、池北《ちほく》線。無人駅である。

「広見」は岐阜、太多《たいた》線。すでに当時、「ひろみ」の駅名は「可児《かに》」に変更されていて、実際には存在していない。

しゅんとしながら、二〇〇七年現在の時刻表を見る。

池北線は廃線、バス区間となっている。「川上」駅は、もう存在せず。太多線は、現存。でもやっぱり「ひろみ」駅は、もうない。

ついでに、前にわたしがものすごく迷惑をこうむった人物（『東京日記1＋2』二七六頁参照）の名と同じ駅も探してみる。

あった。異なる漢字表記で、二つも。両方とも今もばりばりの現役駅で、無人でもないし廃線にもなっていない。はびこってやがる。

はきすてるように言って、時刻表を乱暴に閉じる。

五月某日　雨

少しだけ、ぜんそくになる。

一昨年、生まれて初めてぜんそくになったときにはびっくりしたけれど、それが「ぜんそく」という名のものだとわかってからは、だいじょうぶだ。しゅっと吸いこむ薬を使って、しばらくじっとしている。

胸のあたりの「ぜい」という音の間隔がだんだん遠くなってゆくその感じが、全然嬉《うれ》しいことではないのだけれど、なぜだかなつかしい。

前世は「ぜい」のつくモノだったのかもしれない。さみまんぜい（奈良中期の歌人）とか。ぜいろく（江戸の人間が上方の人間をけなす時の呼びかた）とか。

せんぜい（セミのぬけがら）とか。ちゅうにくちゅうぜい（中肉中背）とか。

五月某日　晴

ぜんそくがすっかり治ってはればれする。

少し前に乱暴に扱った時刻表を、かわいがってやる。表紙をなで、静かに開き、また閉じ、棚に戻し、また出し、静かに開く。

五回ほど同じ手順を繰り返す。

思いなしか、表紙の箱根ロープウェイの写真が、前より艶やかになった感じ。

居ながらにして。

六月某日　雨

携帯電話が鳴って、びくっとする。

もともと、携帯電話というものを、ぜんぜん活用できていない。電話がかかってきていたことに三日後ようやく気づいたり、青く光るので怖くなってざぶとんの下に押しこんで一週間さわらなかったりと、さんざんなのである。

鳴ったのが一ヵ月ぶりくらいだったので、通話状態にするにはどこを押すのか、思い出せない。

右のボタンを押したけれど、だめだった。それではと、まん中を押したけれど、やっぱりだめだった。最後にえいっと押したてっぺんのも、はずれ。

ようやく正しげなのを押すことができて、「もしもしっ」と機械を握りしめながら叫んだけれど、すでに切れた後だった。

六月某日　曇

こんなに携帯電話が苦手ではいかんと反省する。

家の電話から自分の携帯電話にかけてみて、まずは通話状態にスムーズに入れるよう、練習を重ねる。

五回ほど試して、最初に電話を受ける操作は、なんとかできるようになる。

次には、相手と喋る練習。携帯電話の、あの遠い場所で喋っている感じにどきどきして、相手が携帯電話からこちらの家の電話にかけてきただけで、怖じ気づいてしまうのだ。

自分の家の電話と、自分の携帯電話の、それぞれを右耳と左耳に当てて、一人で会話をする。

「もしもし川上さんですか」

「はい川上ですがどなたですか」

「川上です。お元気ですか」

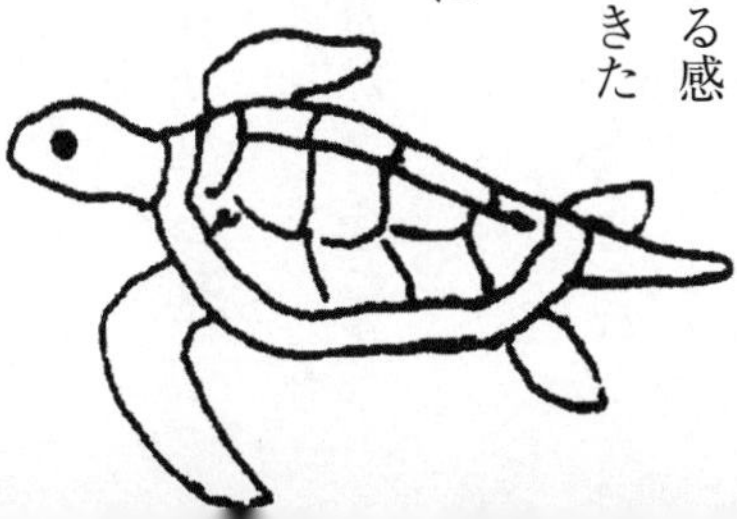

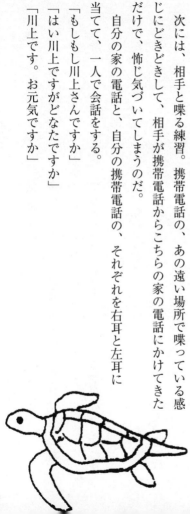

「元気です。川上さんこそお元気ですか」

一人喋りをしているうちに、声を出す自分と、その声を聞き取る自分とが、ちょっとずつずれてきて、気分が悪くなってくる。車に酔ったときのような感じでもあるし、失恋をしておなかの中がからっぽになったような感じでもある。

居ながらにして、いろんな気分を味わってしまったのだった。

結局携帯電話への苦手感はぜんぜん払拭されなかったけれど、満足して一日を終える。

六月某日　曇

携帯電話が鳴る。

いさんで通話ボタンを押し、「もしもし」と、自負に満ちた気持ちで言う。

「あの、今国分寺《こくぶんじ》の踏切を渡ったところなんですけど、法事、大丈夫ですか」相手が言う。

国分寺。踏切。法事。まったく覚えのないことばかりで、驚愕《きょうがく》する。

「あの、どちらにおかけですか」

「は？　カワダさんですよ？」

もしかするとわたしは本当はカワダという名字で、今日は法事の日で、今すぐ国分寺の踏切まで行かなければならないのではないかと、恐れおののく。

居ながらにして。

携帯電話を握りしめながら、つぶやく。やはり携帯電話は、怖いものなのだった。

六月某日　晴

携帯電話を神棚にそなえる。

実際には神棚はうちにはないのだけれど、何かあった時にそこに向かって手をあわせる、本棚のてっぺんの一隅があるのだ。

そなえて、水をあげて、もう二度と電話がかかってきませんようにと、心から祈る。

大阪に、行きました。

七月某日　雨

大阪に行く。

東京を離れるのは久しぶりである。

興奮して、忘れものをする。

お腹をこわした時のための梅肉エキスと、サイン帳である。

大阪はきっと有名人がたくさん歩いているだろうから、ぜひ駆け寄ってサイン帳を差し出そうと思っていたのだ。

帳面は忘れたけれど、太いマジックだけは持ってきている。もし有名人に出会ったら、しかたない、背中に直接マジックでサインをしてもらおうと、心を決める。

七月某日　曇

大阪の街を歩く。

サインを背中にしてもらおうと決意はしたけれど、着ている服は一張羅なので、なるべく有名人に行き合わないよう、下を向いて歩く。

何回も人にぶつかってしまう。

しかたなく前を向いて歩いていたら、テレビで見たことのある有名な男の人（ものおぼえが悪いので名前はわからない）を見つける。

あわてて横道に入り、事なきを得る。

七月某日　晴

大阪の電車に乗る。
車内にあるテレビの画面に、クイズがうつっている。
「どちらかが間違っています
うる覚えの歌を口ずさむ
うろ覚えの歌を口ずさむ」

すぐに画面が変わって正解が出るかと思っていたのだけれど、約十駅ほどを走る間も、画面はそのままだった。

だんだん「うる覚え」の方が正しいような心もちになってくる。駅で降りてホームを歩いているうちに、「大阪では『うる覚え』が正しいんだ」という確信を得る。うる覚えの歌。

なんていい語感なんだろう。

大阪に来てよかったと、しみじみ思う。

七月某日　晴

今日で大阪ともお別れだ。

有名人には、その後一回も出くわさなかった。

ちょっとくやしいので、ホテルのメモ用紙に、太マジックで、

「うる覚え」

と書いてきた。

それから、ホテルそなえつけのボールペンで、下に小さく、

「きっとまた来ます」

とも。

大きなうどん屋で「冷し塩うどん」を食べてから、新幹線に乗る。少しの間の滞在だったけれど、大阪がすっかり好きになった。次こそはサイン帳を忘れまいと決意しながら、遠ざかってゆく大阪の街並を、しっかりと心の中にやきつけた。

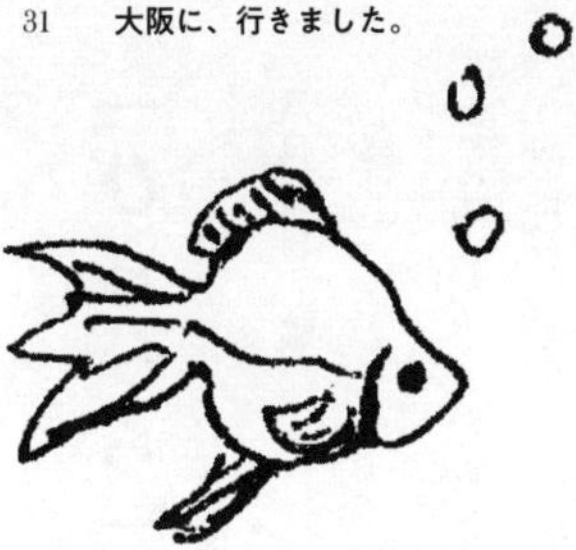

「ぴらぴら」と「びるびる」。

八月某日　晴

暑い。

涼みに入った喫茶店で、店の女主人と、常連らしきお客が、お喋りをしている。

「この前ね、久しぶりにいらしたお客さんが、ずいぶん太ってた人だったんだけれど、すっきり痩せててね」

ほう、と、常連客が言う。

「スマートになりましたねえ、って言ったらさ」

うん、と、常連客。

「ちょっとしばらく施設に入ったら、きれいに痩せたんだよって、その人」

施設って、今はやってる断食道場とか、なの？

「あたしもね、そんな感じのこと、訊《き》いたのよ。そしたらさ」

そしたら？

「うふふって笑ってね、そのお客さん。刑務所だよ、って」

聞き耳をたてていた、その内容にも驚いたけれど、「女主人」と「常連客」の会話としての、ものすごい「正しさ」に、深い感銘を受ける。

八月某日　晴

暑い。

池袋に行く。

久しぶり（『東京日記1＋2』一五三頁の時以来）の池袋なので、緊張する。リブロとジュンク堂とサンシャインシティとジュンク堂とリブロに行く。

あんまり暑いので、リブロとジュンク堂は最初に行ったことを忘れて、また行ってしまったのだった。

『反省』という本を買って、帰る。

八月某日　晴

暑いので、昔の嫌な経験を、できるだけたくさん思い出す。嫌な経験の反芻《はんすう》は、体表の熱を奪うからである。ただし、いろいろある嫌な思い出の中でも「真に嫌な思い出」は、体の中心をかっと燃え立たせるので、せっかく奪われた熱が、また満ちあふれてしまう。それはまずいので、「けっこう嫌な思い出」だけを思い出すように、注意深く努める。

最高気温三十五度の日だったけれど、おかげでさほど暑さがこたえない一日だった。ほんとにまあ、ずいぶんたくさんの「けっこう嫌な思い出」にまみれて人は生きているのだなあと、感心する。

八月某日　晴

友だちから、電話がかかってくる。

庭で文鳥を拾ったのだという。

「名前つけたいの。協力して」と言うので、その場で一緒に考える。

ぴらぴら。という名を、友だちの方が考えつく。

「なんだか可愛《かわい》くないよ、その名前」反対すると、友だちは憮然として、

「それじゃ、ぴれぴれにする」と言う。

そ、それは、さらに可愛くないんじゃ……と言いかけると、友だちは反射のように、

「それじゃ、びるびる」と言う。

あんまり暑いから、きっと誰かにつっかかりたいんだな、この人は。そう内心で思いながら、おとなしく、

「最初の『ぴらぴら』がいいと思う」と答えると、友だちは威張った様子で、

「ほらね」と言った。

いったい、いつまでこの暑さは続くんでしょう。

マーサ2号。

九月某日　晴

夏休みは終わったけれど、まだまだ暑い。

夕方、近所の夏祭りの縁日に行く。

高校生の男の子たちが、射的のところに群らがっている。中でいちばん大きな体の男の子が鉄砲をかまえ、標的をねらっている。

標的はライターで、スーパーカーの絵や、髑髏《どくろ》の絵や、裸の女の人の絵が、いくつかあるそれぞれに描かれている。

裸の女の人の絵柄のものに向けて、男の子は一発撃ったが、当たらなかった。

「どうしても、エッチなライターがほしいんだ」

男の子が真剣な口調で、射的屋のおばさんに訴えている。

「がんばんなよ」

おばさんははげまし、周囲の男の子たちも大きく頷《うなず》く。

ぽん、という音がして、次の一発が放たれる。弾は裸ライターの右肩に当たり、ライターはしばらく不安定に揺れていた。けれど、最後のところでとどまって、結局倒れなかった。

男の子たちが、いっせいに大きなため息をつく。

九月某日　晴

まだ暑い。

道を歩いていたら、保育園の庭先で、先生らしき男の人が何か黒っぽいものを洗っている。

近づいていって見ると、洗われているのは亀だった。

大きいのが二匹に、中くらいのが五匹、小さいのは十匹ほど。

「亀って、洗うものなんですね」と声をかけると、男の人は顔を上げ、

「はい、亀は、洗うものなんです」と答えた。

九月某日　晴

お風呂から出て、バスタオルで体をふいたとたんに、ものすごく、ちくっとする。
見ると、二の腕を小さな蟻《あり》が歩いている。
えっ、と、息をのみ、立ち尽くす。

九月某日　晴

よくよく考えたすえ、蟻はバスタオルを洗濯して外に干した時にくっついてきてしまったのだ、という結論を導きだす。
家のお風呂の一隅に蟻用のお風呂があって、たくさんの蟻が浮かれながら入浴している、という可能性は、まだ完全には否定できないけれど、少しだけ安心する。

九月某日　晴

遠出をする。

「ジュワイユマーサ2号」という名のアパートを見つける。キャベツ畑の横に建っている、黄色い塗装のアパートである。

しばらく見ていたけれど、誰も出てこないし、部屋の中にも人の気配が感じられない。

夏もいよいよ終わるなあと思いながら、ジュワイユマーサ2号を振り返り振り返り、歩く。

かまきりへの好意。

十月某日　晴

友だちと喋る。

おない年のこどものいる友だちである。

「そういえば、クリスマスのプレゼントとかって、この頃こどもにやる？」

聞くと、友だちは、

「いちおうね」

と、答える。二人とも、こどもはもう二十歳近い。

「どんなもの」

「去年はねえ、勝負パンツ」

えっ、と驚くと、友だちは涼しい顔で、

「男の子だし、サンタ模様の緑色のセクシーなビキニにした」

と続けた。

十月某日　雨

レースの手袋を買わなければ、ものすごく悪いことが起こる、という夢をみる。おまけにそのレースの手袋は、肘より上までくる長手袋でなければならない。そのうえ、はるばる行った福岡のデパートで買わなければならない。

さまざまな困難を乗り越えて、ようやく夢の中で天神《てんじん》のデパートに辿《たど》り着いたのはいいのだけれど、売り場で、

「手袋一足ください」

と、まちがった数えことばを使ってしまい、何もかもがパーになってしまう。

自分の叫び声で、目が覚める。

十月某日　曇

お酒を飲みに行く。

一時間ほどたったころ、向かいの人に、「あっ、今さっきの顔、松山ケンイチにそっくりだった」と、突然言われる。もう一度松山ケンイチ顔を再現してほしいと頼まれるが、どうがんばっても再現できず、大いに落胆される。

十月某日　晴

おつかいに行く。

かまきりが、鎌をもたげ、触角をたて、歩道のまんなかに、すっくと立っている。あわててよける。

帰り道、同じところに、かまきりはまだ立っていた。よけなければ絶対に踏んでしまう場所である。

道行く人たちの、かまきりへの好意と応援の心を感じ、じんとする。

十月某日　晴

歩いていたら、「なめこ料理専門店」という看板をかかげた店を見つける。看板といっても、かまぼこの板をひとまわり大きくしたくらいの、ごく目立たないものである。墨ではなく、サインペンのようなもので文字は書いてある。板がかかげてあるのは家と家の間の幅五十センチほどの狭い路地の入り口のところで、どうやら店は路地のさらに奥に入ったところにあるらしい。おそるおそる奥に歩み入ると、まったくふつうの家と同じ玄関の扉があらわれる。ゴムの木の鉢植えが置いてあり、扉のまんなかにはトールペインティングの板に、「なめこ入荷次第開店・時価」という字が、くねくねした線で描かれている。いそいで後戻りし、路地の外へと走り出る。

マーヴィン・ゲイで、ひっこむんです。

十一月某日　晴

文学賞の選考会。

終わってからみんなでお酒をのむ。

「ふつかよい防止に効きます」

と言って、ハイチオールCの瓶をさしだすひとがいる。てのひらを広げると、二錠のせてくれる。読んでください、と言われて瓶にはってある効能書きを読むと、たしかに「倦怠《けんたい》」「じんましん」などに混じって「二日酔」という症状があげてある。

生《き》のウイスキーでのみくだす。

十一月某日　曇

でもふつかよいになる。

ハイチオールCのせいではむろんなく、呑《の》みすぎたからである。

十一月某日　曇

インフルエンザの予防注射に行く。

この医院には中村先生の日と原田先生の日があるのだけれど、そしてぜんそくの薬をもらうために毎月一回、三年以上は通っているのだけれど、いまだに中村先生と原田先生のちがいが判《わか》らない。

もしかしたら、同一人物がその日の気分によって名前を変えているだけかもしれないと疑う。

十一月某日　晴

大発見をする。

ごきぶりは、モーツァルトをかけると、出てくる。

マーヴィン・ゲイをかけると、ひっこむ。

十一月某日　曇

編集の人と電話をする。

「おじゃま虫になっちゃったんですよ、こないだ」という、その人の言葉に感銘を受ける。

おじゃま虫。

ちかごろ絶滅の危機にさらされている言葉だけれど、こうして味わってみると、その、へりくだった感じといい、ずらし方の微妙さといい、意味不明さといい、堂々としたものである。

近いうちにわたしも使用すべしと、強く心に期する。

十一月某日　雨

ぜんそくになる。

苦しいのでいやなのだけれど、ぜんそくになる方がまだまし、という状況を考えて、気を紛らわす。

突然乳牛になってしまってもう人間には戻れない、とか。

一生フライパンのかわりに平らな鉄の板しか使ってはいけないというおふれが出る（炒めているものがすぐにふちから垂れ出てしまって、ものすごく難儀）、とか。

この世にある緑色の野菜はコールラビ（青汁の材料ケールを改良した食用野菜。球形）だけになってしまう、とか。

自分の書いためんどくさい恋愛の小説の中に入って主人公としてふるまわなければならなくなる、とか（これが一番いや）。

夜、薬が効いて、ぜんそく、ひっこむ。

インド人もしっとり。

十二月某日　曇

初めての集まりに行く。

集まりは前から続いているものなのだけれど、わたしがそこに参加するのは、初めてなのである。

転校生のような気分でいろいろ心配する。

へんなあだ名をつけられたらどうしよう、とか。集まりの特殊ルール（例・人の名の頭には必ず「でれ」をつけなければいけない・用例「でれ川上ってでれ福田首相はタイプ？」）に従わないと制裁を受ける、とか。

実際には恐ろしいことは一つもなくて、焼き肉をじゅうじゅう焼きながら、たくさんのことを教えてもらった。中でもいちばん感動したのは、「下北沢ピーコックにはぬれ煎コーナーがあって、そこのカレーぬれ煎には『インド人もしっとり』という謳《うた》い文句がついている」

という教えでした。

十二月某日　晴

知人が遊びにくる。

手を洗いたいというので、洗面所に連れてゆく。

リビングに戻って待つが、知人はなかなか戻ってこない。

（あっ、せっけんが減って、小さめのおはじきくらいの大きさになっちゃってたんだ）と思いだす。

戻ってきた知人に、

「せっけん、ごめん」と言うと、知人はもの想《おも》わしげな顔で、

「うん、せっけんのおもかげ、みたいなものが、せっけん箱にはりついてたよ」

と答えた。

十二月某日　雨

知人が主催する忘年会に乱入する。

そもそもその忘年会がおこなわれていることも知らなかったのだけれど、一緒にお酒を飲んでいる人が、

「そういえば今日があの忘年会なんだ」

と教えてくれたのである。すっかり酔っぱらっていたので、招かれていないということはまったく意に介さず、乱入したのである。

十二月某日　晴

重いふつかよい。

昨日乱入した忘年会のことを茫然《ぼうぜん》と思い返す。

何を喋ったのかはほとんど覚えていないのだけれど、一つだけ、

「次に書く小説の題名は『きんたま』にする、絶対にする」

と力説し続けたことだけは、うっすらと記憶にある。

何回も「きゃー」と叫んで、ふとんをかぶる。

十二月某日　晴

今年は「辰巳《たつみ》芳子《よしこ》流」のおせちを作ろうと決意し、実行する。たいへんに手のかかる作りかたなので、すっかり疲れきり、年賀状を一通も書けないまま、大晦日の今日となる。

紅白歌合戦を見ながら年賀状とペンを並べるが、疲れはててるので、モーニング娘。のひとたちがたくさん出てきたあたりで、寝入ってしまう。

はっと目覚めた時にはすでに十二時を過ぎている。今年の目標。身の丈にあわない高度なおせちには手を出さないこと。つぶやきながら、ふたたび寝入る。

生物として、ありえない。

一月某日　晴

年賀状を書く。

年末の辰巳芳子流のおせちづくりの疲れが、ようやく抜けたからである。ちかごろ年々友だちからの年賀状も遅くなっているような気がする。みんなも、辰巳芳子流のおせちづくりに疲れているのだろうか？

来るのが遅ければ遅いほど、嬉しくなる。（わたしよりもっと遅く出してくれて、なんて思慮深い人なんだろう）と思ったりする。

一月某日　曇

七草がゆをつくろうとするも、材料になる七草がない。このごろはスーパーマーケットでパックになったものを売っているけれど、寒いので家を出るのが、おっくうなのだ。
　思いついて、かわりにちょっと違う草を入れたおかゆをつくってみる。入れた草は、
　しいたけ
　はす
　こんにゃく
　たけのこ
　とうふ
　レタス
の、六種類。あんまり草じゃないけれど、まあおおまかにいえば草が育って生えたものだから、よしとする。
　それから、とうふはさらに草からは遠いようだけれど材料の大豆は草が育って生えたものだし、しいたけは菌類でさらにさらに草から遠いけれど菌類がのびるさまは草に似ているし、六種類しかないものに加えるあとの一種類はいつもお米に混ぜ

て炊く麦ということで、これもよしとする。

できあがったものを出したら、ものすごく不評だった。

一月某日　晴

電車に乗って下北沢に行く。

小学生の男の子と女の子が、車内でぺちゃくちゃ喋りあっている。

「あたしこないだ、昔の電話見ちゃった」

「あの、ゆっくりじーっとまわるやつ？」

「うん。でもまわるのが遅くて、すっごいむかついた」

はればれと、小学生たちは喋っている。

かわいそうな黒電話。同情しながら、小学生のかぶっているポンポン帽（ピンクと青）を、じっと眺めた。

一月某日　曇

身長をはかる。

前よりも二ミリ、大きくなっている。

こどもに自慢する。

一月某日　晴

歯医者さんから帰ってきたこどもが、

「今日ね、先生に『うちの母は、まだ少しずつ成長してるんです』って教えたんだ」

と報告する。

ふうん、と答えると、こどもは笑いながら、

「そしたらさ、『それは生物としてありえない』って、先生、断言してたよ」

と続けた。

生物じゃなかったんだ！

内心で叫び、あおざめる。

突然、なんです。

二月某日　雪

突然寒けがして、鼻がつまる。

窓の外を見ると、雪が降っている。

雪を見ているうちに、つまっていた鼻がなおる。かわりに、どんどん洟《はな》がでてくる。

ティッシュペーパーを一箱半ぶん使ったころに、少しだけよくなる。

こんなにたくさん洟がでていってしまって、体の水分はだいじょうぶなんだろうかと、不安になる。指先を見ると、少しだけしわしわしているような気がする。膝のあたりも。

夜中までに、結局二箱以上洟をかんでしまった。

二月某日　曇

突然疲れる。

洟は止まったけれど、ときどき寒けがくるのは続いている。

寒い。

と思ってから、ぶるぶる二分半くらい震え、すると突然また寒くなくなる。

それから一時間くらいすると、また、
寒い。

が、くる。

体の中で「ばいきん」と「からだを守る細胞類」が戦っているにちがいない。声に出して「フレー、フレー」と、自分の中の細胞類を応援する。

二月某日　曇

応援の甲斐もなく、突然熱が出る。

わたしの体の中の細胞に打ち勝った「ばいきん」の姿を想像してみる。

「ばいきん」はきっと、長い髪を頭のてっぺんでお団子にしている。乗馬が好きで、自分用の「ばいきん馬」を持っている。「ばいきん馬」の蹄鉄《ていてつ》はあんまりひづめに合っていなくて、だから「ばいきん馬」はしょっちゅう苛々《いらいら》してわたしの体を中から蹴る。「ばいきん」はあんまりもてない。でも一度だけ、十五歳年上の未亡人と恋愛をしたことがある（その時は「ばいきん」は男性の姿をとっていた。「ばいきん」はむろん女性にもなれる）。「ばいきん」はけっこう現代日本の経済状況に詳しい。

想像しているうちに、どんどん熱が上がってくる。

二月某日　晴

H松さんから家の電話に電話がくる。

「カワカミさんの携帯電話にかけてみたんだけれど、何回かけても『ミヤシタさん』ていう女の人が出てくるの。どうしたらいいのかな」

という電話だった。

数週間前に携帯電話をその場でかけあって番号を登録したのである。押し間違え、ではないはずだ。

「もしかしてカワカミさん、この数週間の間に『ミヤシタさん』に変身した？」

H松さんは聞いた。

へ、変身、してないと思うけど。

答えながらも、確信が持てない。もしかすると、「ばいきん」がわたしの一部を乗っ取って、H松さんからの電話の時には、何食わぬ顔で『ミヤシタさん』になりかわっているのかもしれない。

わたしの携帯電話にかけて、もし『ミヤシタさん』が出たら、みなさん、それは「ばいきん」の仕業です。つつしんでここにお断りしておきたいと思います。

後に引けないんです。

三月某日　晴

夜の十時過ぎ、コンビニエンスストアに行くために道を歩いていたら、住んでいるところの二軒おいた隣に、突然花屋が開店している。

昨日までは、影もかたちもなかった店である。おまけに、駅からずいぶん離れた住宅街の、何もない場所である。

あんまりびっくりして、思わず花を買ってしまう。

帰って、コップに花をさしながら、

(明日になったら葉っぱや馬糞《ばふん》に変わってないだろうな)

と、びくびくする。

三月某日　晴

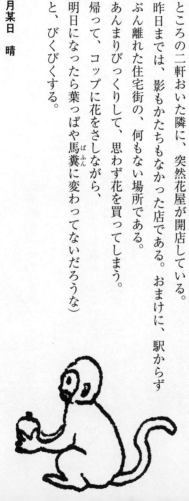

コップにさした花は、馬糞にも葉っぱにも変わっていなかった。

また外に出てみると、花屋はちゃんと昨日の場所にあった。遠くからしばらく窺《うかが》っていたけれど、お客はぜんぜん来ない。

ものすごく、心配になる。

三月某日　雨

引き続き、花屋の観察をおこなう。

お客はやはりぜんぜん来ていない。通りかかった若い二人連れが、

「こんなとこに花屋が」

「へんなのー」

「どうせすぐに潰れちゃうよね」

などと言い合いながら、行き過ぎてゆく。

ひどく腹がたつ。すでに花屋にすっかり肩入れしているのであった。

三月某日　曇

やっぱり花屋にお客が来ない。

せめてわたし一人だけでもと思い、花束をつくってもらって買う。ちょうどその夜、転勤する友だちを送る会があるのだった。

友だちは三日後くらいに東京を離れる予定なので、花束は迷惑かとも思ったけれど、なにしろ花屋に肩入れしてしまっているので、しょうがないのだ。

三月某日　晴

今日も花屋にお客が来ない。

また花束をつくってもらう。この前うめぼしの上手な漬け方を教えてもらったことへのお礼、という名目の花束である。

「は、花ですか」と、渡した相手からはいぶかしまれたが、しょうがない。

三月某日　晴

また花束をつくってもらう。桜が咲き始めたのでよかった、という名目のものである。

妙なテーマに、花屋さんは少しだけ不安そうな様子である。でも、しょうがない。

三月某日　晴

また花束をつくってもらう。毎日健康でよかったね、という名目のものである。（この怪しい人は、いったいどういう人）

そう花屋さんが思っているらしい雰囲気が、びしびしと伝わってくる。できるだけ顔には表さないようにしているみたいだけれど、そういうことは、わかってしまうものなのだ。

でも、しょうがない。なにしろ、肩入れしはじめてしまったのだ。こうなったら決して後には引けないのである。

いろいろもの思う、春なんです。

四月某日　曇

道を歩いていると、自転車に追い抜かされる。ジャンパーを着たおじさんが乗っている。

何の変哲もないふつうのおじさんなのだけれど、自転車の前のカゴには大きな鳥がいる。

鳥は、ほんものの、生きている大きな鳥だ。尾羽根を少しだけ広げて、カゴの端にちんまりととまっている。自転車が揺れても、鳥は動ぜず、しっかりと胸をはっている。広げた尾羽根には黒く太い縞《しま》が入り、体ぜんたいも黒い。

家に帰ってから鳥の図鑑を見ると、おじさんのカゴにとまっていた鳥は、鷹《たか》なのだった。

いったいどうしておじさんのカゴに、鷹が、あんなに安らかな感じで？

四月某日　晴

友だちと一緒に、町を歩く。

高架下に、大人のおもちゃ屋さんをみつける。ずいぶん古くからあるお店らしい、ガラスのウインドウの中に飾ってある「大人のおもちゃ」は、たくさんほこりをかぶっている。

金色に輝く貞操帯は、十五万円。ムチと羽根ばたきのセットが、三万円。「どんな人でも欲情することうけあい」と、店主のものらしき筆跡で説明書きのあるビデオ（セーラー服のふとった女の子の写真つき）が、三千五百円。

さまざまな「おもちゃ」の中に、ひときわ堂々と、「コブラとマングース」の剝製がある。「床の間の飾りにどうぞ」と、これも店主のものらしき筆跡で、書いてある。

いつから大人のおもちゃになったのか？　コブラとマングース。

四月某日　雨

ステーキ用の肉を、もらう。

たくさんサシの入った、堂々としたものである。

夜、焼いて食べる。

とても、おいしい。どんどん食べる。

夜中、「あぶらが。あぶらが」という、自分のうなり声で目が覚める。

しばらく、じっとしている。とても、苦しい。牛のあぶらが、体じゅうにまわっている感じ。

（このまま、牛に変身しちゃったら、どうしよう？）

不安におそわれながら、じっとしている。

四月某日　曇

友だちと電話をする。

ちかごろ巷《ちまた》ではやっているという、絹の腹巻の話で、盛り上がる。

さんざん「絹の腹巻の効用」について喋りつくしたあとで、

「そういえばこのところあたしたち、恋愛の話とか、ぜんぜんしないね」

と、友だちがぽつりと言う。

一瞬の沈黙ののち、蒼惶《そうこう》と電話を切る。

（腹巻と恋愛）

並びたたない二つの言葉を頭の中にうかべながら、しばらく放心する。

のら電波が充満。

五月某日　晴

友だちと、喋る。

「そういえば、このごろのら犬って、見ないよね」

「のら猫も、少なくなったよ」

「でもね、下北沢の江戸っ子ラーメンには、のら電波が充満してるんだよ」

のら電波？

驚いて聞き返すと、友だちは、

「ほら、無線でインターネットとかする時に、電波が必要でしょ。でね、家とか建物特定の電波じゃなく、そのへんをうろうろしてる電波のこと、のら電波って言うんだよ」

と説明してくれた。

のら電波は、ほかに下北沢マクドナルドの近所にも、充満しているらしい。

五月某日　雨のち晴

雨の日で湿っているせいか、はだしで家の中を歩いていると、足の裏に、大きなひらべったい甘いものがくっついてくる。

午後、晴れあがったら、甘いものは、すうっと消えた。消える瞬間、甘いものは、

「ののっ」

という音をたてた。

甘いものは、味は甘くないけれど、見たところが甘そうなものである。

五月某日　晴

公園に行く。

ベンチで、女の人が男の人をひざ枕している。

眠っている男の人のまつげを、女の人はずうっと触っていた。

そんなに長いまつげではないのだけれど、一所懸命に、たんねんに、触っていた。

五月某日　曇

暑い。

こどもがよりかかってくる。

「なんでそんなに熱いの、きみは」

と、暑さのあまり苛々した声で言うと、こどもは、

「だって哺乳類なんだからしょうがないじゃない」

と、これもむしゃくしゃした声で言い返した。

五月某日　晴

夢をみる。

「かもめ弁当」を買う夢である。

ふたを開けると、かもめ弁当からは、かもめが十二羽とびだしてくる。
なかみは、ふつうの幕の内である。
かもめの肉は、使用されていない。

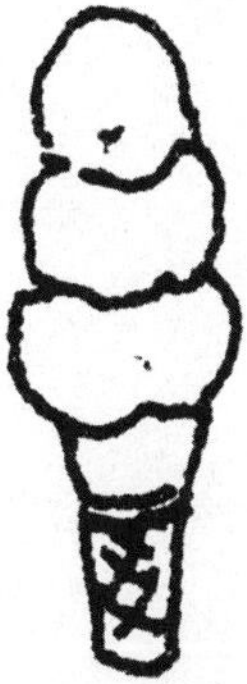

一方、ヘビなど。

六月某日　雨のち曇

電車に乗ってしばらくのところにある、日帰り露天風呂に行く。

入り口でもらった露天風呂のパンフレットには、

「素晴らしい自然の中でよいお湯をお楽しみ下さい。一方、アブや蜂《はち》、ヘビなどにはお気をつけ下さい」

とあった。

文章の中の「一方」の使い方にしびれ、すっかりその露天風呂のファンになる。

一時間いたけれど、アブも蜂もヘビも出てこなかった。

ちょっと、がっかり。

六月某日　雨

朝からなんとなく憂鬱。

「完顔阿骨打」と「奴児哈赤」という人名が、ずっと頭の中に充満している。「完顔阿骨打」は中国のえらい人で、生きていたのは十二世紀ごろ。「奴児哈赤」の方は、十七世紀に在位。

もしかして日本の暴走族の独特漢字使用はこの人たちの名前その他に影響を受けているのだろうか、という基本的な疑問に加えて、どうしてそのような、今のわたしの人生とは全く関係のない人の名前が、頭いっぱいにもやもやと広がり続けるのかが、さっぱりわからない。

わんやんあぐだ。

ぬるはち。

ときどき、声に出して二人の名を呼んでみる。

あなたたちの頃からもうずいぶんな月日がたってるのですねえ。つぶやいてみる。

憂鬱は、なかなか晴れない。

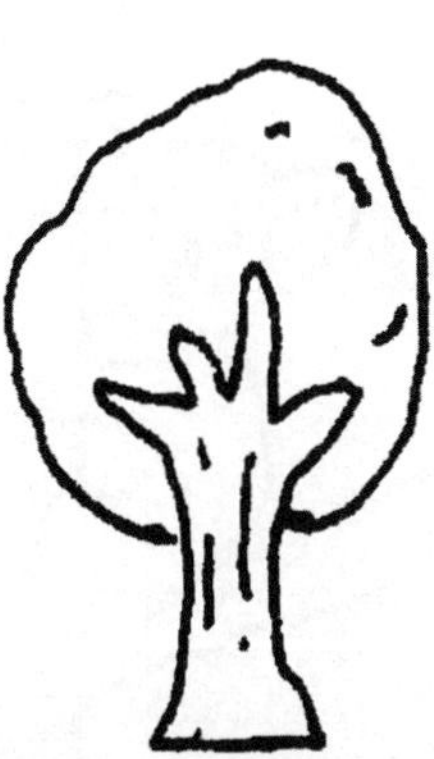

六月某日　雨

まだ憂鬱。

そういえば先月ぶんの家賃を払っていなかった、ということに気づく。

あわてて銀行に行って、今月ぶんも一緒に振り込む。

少しだけ、気が晴れる。でもまだやっぱり憂鬱。

六月某日　晴

あいかわらず憂鬱。

そういえば先月からの手紙類の返事をずっとためていた、ということを思い出す。

あわてて手紙類を整理して、必要最小限のものだけに返事を出す。

少しだけ、気が晴れる。でもまだやっぱり憂鬱。

六月某日　曇

引き続き憂鬱。

そういえば今月中に書くことになっている小説に、まだ一文字もとりかかっていなかった、ということを思い出す。

いやいや机に向かうけれど、ぜんぜん書けない。

逃避のために近くのパン屋さんに行く。思わずパンを三千円ぶんも買ってしまう。やけで、スーパーマーケットに寄って、いくらとうにも買う。

夜は、いくらとうにをのせたフォカッチャ。憂鬱は晴れない。おまけに、献立はものすごく不評。

こうなったら今月はとことんまで憂鬱でい続けてやる、と強く決意。

きっかり二ミリ。

七月某日　晴

七月に入って暑い日が続いているけれど、暑い日には、実はいくつかの種類がある。

「ひょいひょい暑い日」
「むらむら暑い日」
「せつに暑い日」

このところの日本の夏は、だいたいはこの三種類くらいで廻《まわ》っているのだけれど、たまに変則的な、
「もぐらじめりの日」
があったり、時々は、
「かえる蒸しの日」

があったりも、する。
今日は、「むらむら暑い日」。
昼過ぎからむらむらむらむらむらむらむらして、ものすごくたくさんの汗をかく。

七月某日　晴

今日は「せつに暑い日」なので、ようかんを食べることにする。「せつに暑い日」のようかんは、虎屋の「夜の梅」であることが望ましい。厚さは、きっかり二ミリであることが望ましい。枚数は、四枚であることが望ましい。

午後の一番暑い時刻に、ノギスで二ミリに測って切った四枚を食べて、冷やしたはとむぎ茶を飲んで、「せつなる暑さ」を存分に堪能する。

七月某日　晴

珍しく「かえる蒸しの日」。

「かえる」の日には、水くさい匂いがどこからともなく漂ってくる。それから、視界もせばまりぎみになる。

「かえる」の日には、油断していると、すぐにパンツを脱いでしまいそうになる。なにしろかえるなのである。パンツなどというものを身につける習慣が、もともとないのだ。

夕方、かえるが去ってゆき、よくある「むらむら暑い日」に戻る。

夜お風呂に入る時に、パンツが裏返しになっていることに気がつく。知らないうちに、やはり一回パンツを脱いでしまっていたらしい。

七月某日　晴

いちにち本を読む。

「ひょいひょい暑い日」なので、脳みそがいつもの三分の一くらいの大きさになっていて、文字を書くことができないのだ。

「ひょいひょい暑い日」が一ヵ月続いたら失業するなと思いながらも、楽しく読書。なにしろ脳みそが三分の一なのである。楽天的にもなろうというものだ。

七月某日 晴

神保町《じんぼうちょう》に、仕事で行く。

今年は来ないかもしれないと思っていた、「もぐらじめりの日」である。

もぐらくさくて、閉口する。

もぐらの匂いは、青汁にちょっと似ている。ほしぶどうにも、ちょっと。くさいのだけれど、「もぐらの日」は目の調子がいい。ことに遠くのものがよく見えるようになる。この日も、水道橋駅のたもとに立ったとたんに、神田橋にある気象庁の合同官舎の裾のあたりが、たくさんのビルを透かして、しっとりと湿った感じで、見えてきた。

ムーバス(乗車賃百円)。

八月某日　雨

昼過ぎから大雨。そして、雷。

雷が始まってから五分後くらいに、

「どどすん」

という、ものすごく大きな雷鳴が、三回ほど続けて響く。稲光と、雷鳴とは、ほとんど同時だったので、すぐ近くに落ちたに違いない。

夕方、雨が上がったので、散歩に出る。

向こうから、三人の子供がやってくる。すれ違いざま、会話が聞こえる。

「まったく、すぐに落ちようとするんだから」

「落ちた先にじっとしてないで、うろちょろそのへんに出ていっちゃうのもまた、困るんだよな」

「給水塔の避雷針のあたりはもう探したっけ？」

子供たちの体のまわりの空気が、青っぽい。三人が動くたびに、小さな放電が起こる。すれ違った瞬間には、腕や首が、びりっときた。

（雷神の子供かな）

と思ったけれど、怖いので、振り返って確かめることはしなかった。

八月某日　雨

このところ毎日、午後になるとスコールのような雨が降って、雷が鳴る。

夕方、ふでばこを使おうと思ってふたを開けたら、中に、谷中生姜《やなかしょうが》の茎が一本、入っていた。

先端の肌色がかったところが僅かに残った、すでにかじってある、まみどりの谷中生姜の茎である。

ボールペンとえんじ色の鉛筆の間に、ちょうどうまい具合におさまっている。

最近谷中生姜を食べた記憶はない。もちろん、ふでばこに入れた記憶も。

（雷神の子供関係だろうか）

と、一瞬思うが、考えないようにする。

捨てるのも怖いので、谷中生姜の茎は、しばらくふでばこに入れておくことにする。

八月某日　晴

雷が鳴らなかった日なので、こっそり谷中生姜の茎をふでばこから出して、ごみ箱に捨てる。

夜中三時ごろ、ふと目が覚める。遠くでかすかに、雷が鳴っている。

（すみませんすみませんすみません）

二回雷神に謝って、ぎゅっと目をつぶり、必死に寝入る。

八月某日　晴

ムーバス（武蔵野市の循環バス。何区間乗っても乗車賃は百円）に乗る。

ムーバスには時々、宮藤官《くどうかん》九郎《くろう》にそっくりな男の人が乗っている。首がほそくて、色が白くて、伏目がちで、ちょっと貧乏ゆすりをしていて、いつも帽子をかぶっていて、いかにも「宮藤官九郎」という感じの人である。

でもきっと、ほんものの宮藤官九郎ではない。どの人も、少しずつ、背の高さが違うからである。

「亜・宮藤官九郎」と名づけ、会えた日の夜には、盛大にビールを飲むことにしている。

今日の「亜・宮藤官九郎」は、身長約一四五センチ。この前、雷の後にすれ違った三人の子供（もしかすると雷神）のうちの、まんなかの子供とそっくりである。

あんのじょう、「亜・宮藤官九郎」がムーバスから降りたとたんに、雨がざっと降りはじめ、雷がすぐ近くで鳴りはじめた。

なまざかなの匂い。

九月某日　晴

タクシーに乗る。
運転手さんが、飴玉《あめだま》をたくさんくれる。
それから、名刺も。
肩書は、「キャンディードライバー」となっている。
「キャ、キャンディー」つぶやいていると、運転手さんはくるっと振り返り、
「またいつかうちの車に乗って下さいよね」と言った。
ちなみに、名刺の冒頭には、
「一期一会を大切に!!」
と書いてある。個人タクシーではなく、東京無線の車でした。

九月某日　雨

二度と乗れないだろうなあ、と思っていた「キャンディードライバー」氏の車に、またもや乗ってしまう。

前の時と同じく、

「またいつかうちの車に乗って下さいよね」と言われ、名刺ももらう。

（二週間前に乗りました）

とは、なんとなく言えない。

九月某日　曇

友だちとお酒を飲む。

「今さっき乗ったタクシーの運転手さんがくれたよ」

そう言いながら、友だちは名刺を見せてくれる。

（も、もしや）

おびえながら見ると、あんのじょう「キャンディードライバー」の名刺だった。

しぶる友だちから、名刺をもらい受ける。

今までの三枚全部を並べて、部屋の壁に貼る。「キャンディードライバー」の文字は、ピンクからオレンジ、黄色から黄緑、最後は濃い紫色へとグラデーションで変わっている。

真夜中、さみしくなった時に、運転手さんの携帯番号（名刺に緑色で刷ってある）に、思わず電話しないように気をつけよう、と思いながら、並んだ三枚をじっと眺める。

九月某日　晴

友だちのこどもと遊ぶ。

「こないだ水族館にいってきたの」

こどもが教えてくれる。

「何見てきたの」

「いるか」

「いるかか、いいね」

「すぐそばに行って、さわったよ」

「どんなだった」

「なまざかなの匂いがした」

なまざかな、好きなんだ、あたし。

こどもはつぶやき、にやりと笑った。

九月某日　晴

ホテルで対談の仕事。

廊下を歩いていると、扉の開いている部屋がある。

覗《のぞ》くと、ソファーの上に何やら頭の大きなものが座っている。

体はまっ白で、耳は立っている。

びっくりしてよく見ると、それは巨大なキティなのであった。

キティは少し頭をかしげ、深遠なる表情で、静かにソファーに鎮座していた。

ゴミ持ち帰り令。

十月某日　晴

仕事場の火災点検の日。

この仕事場に引っ越してきてからの七年ほどの間、ずっと同じおじさんが点検に来てくれている。今年も同じおじさんかな、と待っていると、あんのじょう同じおじさんだった。

おじさんは、とても個性的である。白くてふさふさした髭《ひげ》。たっぷりとした体格。寒冷地の人のような、まっかで生き生きとした頬。一度会えばもう忘れることはない、というたたずまいの人である。

いつもおじさんは黙々と天井にとりつけてある機械を点検してゆく。今年はじめて、こちらから話しかけてみた。

「去年もいらっしゃいましたよね」

するとおじさんは顔をこちらに向け、はきはきと、

「違いますよ」と言った。

「私は去年まではずっと鹿児島で暮らしておりました」と続ける。

それなら、去年まで来ていた、おじさんそっくりの人は誰なんだ。唖然《あぜん》としていると、おじさんはわたしの心の内を見透かしたように、

「この仕事は人相体格に関する厳密な採用規定があるのです」と言うのだった。

厳密な採用規定。

驚いてつぶやいているうちに点検は終わり、おじさんは去年までのおじさんと同様、自信に満ちた足どりで、玄関から出ていった。

十月某日　曇

「岬病院」に行く。

このあたりに岬はないのだけれど、そしてその医院を営んでいるお医者さんの名字も「岬」ではないのだけれど、その名なのである。ただ一つ「岬」らしいところ

といえば、待合室の奥の壁に古びたポスターが貼ってあり、それがたぶんどこかの岬の写真らしい、ということくらいである。

ポスターはぼろぼろで褪色《たいしょく》していて、写真の中の岬らしきところには大きな犬がたたずんでいる。岬の下にみえる海の波は荒い。

岬病院は皮膚科医院である。

十月某日　雨のち晴

都心から二時間ほどの某所に、友だちと旅行にゆく。

食事の後部屋でお喋りしていると、宿の人がやってきて、

「明日お帰りになる時にはゴミを持ちかえって下さい」と言う。

何がなんだかよくわからなくて、みんなでなんとなく「はい」と答えてしまう。

キャンプ場などではなく、ごく普通の日本旅館である。一泊一万二千円朝食夕食つき。

謎である。

十月某日　晴

宿をチェックアウト。

どうしていいかわからず、結局出たゴミは全部スーパーの袋にまとめて、荷物と一緒に持って出る。

出ぎわ、宿の人が「ゴミ、大丈夫でしょうね」と念押ししてくる。

緊張のあまりゴミの袋を取り落としてしまい、あわてて拾い上げる。駅に着くと、旅行帰りらしき人が何人もいて、その全員がゴミ袋らしきものを持って仏頂面で立っている。

ゴミ持ち帰り令。市の決まりか何かなのだろうか？

激写したり、されたり。

十一月某日　晴

インフルエンザの予防注射を打ちにゆく。一人の先生がやれいの、中村先生と原田先生の二役を、一人の先生がやっている医院（四十五頁参照）へである。

今日の先生は、中村先生を名のっている。

中村先生は、原田先生よりもだいぶん無口で、表情もストイックだ（でも一人二役だから、顔の造作は原田先生と同じ）。

今日の中村先生は、いつもと違って、ものすごく愛想がいい。注射を打つ前には、「がんばってくださいね～」と、とびはねるような口調ではげまし、打ち終わると、「ものすご～く、がんばりましたね～」と、これまた弾む調子で褒めてくれる。

（今日は自分が中村先生役なことを忘れて、原田先生仕様になっちゃってるんだ

な）と思いながら頭を下げると、

「ほんっとうに、がんばりましたね～」と、重ねて褒めてくれる。

この季節、風邪がはやっているので、忙しさのあまりまぜこぜになっちゃったんだなと思いながら、そっと診察室のドアを後ろ手に閉める。

十一月某日　曇

人間ドックの日。

ここのクリニックの検査技師の人たちはみんな、患者をたくさん褒めてくれる。以前来たときもそうだったし、その前も、そのまた前も、そうだった。

今年はどうかな、と待ち構えていると、あんのじょう、何人もの技師の人たちがいろいろな調子で褒めてくれる。

いわく、肺活量がちゃんとありますね。骨密度が立派ですね。採血のされ方がいさぎいいですね。心臓の波形が波形ですね（ちょっと意味不明？）云々《うんぬん》。

中でも際立っていたのが、胃のバリウム検査技師の人だった。バリウムを飲み、

台の上で横になったり斜めになったりさかさになったりするたびに、

「いいねー、いいよ、その角度」

「ああいいなー、そこだよ、そこ、はい撮るよー」

「それだ、今のその位置、すばらしいよー」と、声をかけてくる。

なんだか自分がシノヤマキシンに激写されているような気分。

十一月某日　晴

近所の公園に行く。

大きな池に、長い橋がかかっている。ぼんやり渡っていたら、

「カメラのシャッターを押して下さい」と、カップルに頼まれる。

撮ってからまた歩きはじめると、今度は女の人の二人連れにシャッターを頼まれる。

終わって歩きはじめると、次はおばあさん三人にシャッターを頼まれる。

もう頼まれないよう、ものすごいはや足で歩いたけれど、おじいさんの四人連れ

に、またシャッターを頼まれてしまう。

そんなにも、シャッターを頼みやすい顔をしているのだろうか、わたしは。

十一月某日　曇

また公園に行く。

橋を渡っていると、カップルがいる。

カメラのシャッターを頼まれないよう、できるだけ凶悪な顔をして、そそくさと通り過ぎようとする。

男の子の方が、

「そのままの君が好きなんだ」と言っているのが聞こえる。

はあそうですかい、と思いながら、女の子を見やると、いやにもこもこしたコートを着ている。女の子とみえた者は、実は女の子ではなく、等身大の着ぐるみのうさぎなのであった。

見なかったふりをしながら、いそいで通り過ぎる。

若い人。

十二月某日　晴

散歩に行く。

途中で、左右違う色の靴をはいたおばあさんとすれちがう。

左足は黒で、右足はうぐいす色。形はまったく同じ靴である。

そういう組み合わせの一足なのか。

それとも、同じ形の色違いの靴を何足も持っていて、気分によって色を組み合わせるのか。

それとも、実はこの世界では色違いの靴が常識であって、左右同じ色の靴をはくものだと思いこんでいるわたしが異常なのか。

どきどきしながら、しばらくおばあさんを尾行する。

十二月某日　曇

また散歩に行く。

今度は、市村正親《いちむらまさちか》そっくりのおじいさんとすれちがう。

また尾行する。

おじいさんは、商店街のやきとり屋さんの裏口に入っていった。しばらく待っていると、やきとり屋さんのシャッターが開いた。店びらきの時間らしい。入って、やきとりを頼み、ビールも頼む。小一時間ほど店にいたけれど、おじいさんは表には出てこなかった。皿洗いをしているのか。それとも影のオーナーなのか。

十二月某日　晴

また散歩。

靴のおばあさんと市村正親のおじいさんが出現したあたりを歩くが、二人には会えなかった。

かわりに、尾崎紀世彦《おざききよひこ》そっくりのもみあげをはやしたおじいさんとすれちがう。

おじいさんなので、もみあげは白い。

しばらく尾行したけれど、すぐに見失う。

そういえば、このところの散歩では、おじいさんとおばあさんしか見かけない。

若い人は、この町にはもう、一人もいないのだろうか？

十二月某日　晴

散歩。

ようやく若い人とすれちがう。

若い人は、すれちがいざま、

「このごろ腰が痛くてさあ。すっかり歳《とし》だよ。どこかいい施療院、知らない？」

と、聞いてくる。

肌はぴかぴかで、髪もくろぐろ、この寒いのに、ふとももがたくさん出るミニスカートをはいている若い人である。

「こ、この先に、一軒、鍼灸院《しんきゆういん》があるようですよ」

おそるおそる答えると、若い人はぴょんと飛び上がり、

「そりゃまあ、ありがたい。早速行ってみるべ」

と答えた。それから、ミニスカートとマフラーをひるがえし、鍼灸院の方向めざして、ものすごい速さで走っていった。

棒で、つつく。

一月某日　晴

寒い日。近所の公園に散歩に行く。葉を落とした欅《けやき》の木の、大きな枝に、ハンモックをつるしている人がいる。白くて丈夫そうなハンモックである。

つるし終えると、その人はハンモックに横になった。寒い日だけれど、日差しはある。欅落ち葉の上の宙に、ハンモックがゆるく揺れる。

町に出て、お茶を飲んで、帰りしなに見ると、まだハンモックはあった。だいぶん寒くなってきたせいか、ハンモックの人はちぢこまっている。縦笛を取り出して、ときどき吹いている。笛の音は、高くてかぼそい。

一月某日　晴

また散歩に行く。
すずめが鈴なりになっている木をみつける。「すず木」と名づける。
野生のおうむが鈴なりになっている木も、みつける。「おう木」と名づける。

一月某日　晴
渋谷に行く。展覧会を見る。
「死してしかばね　ひろうものなし」という絵を見て、感動する。
蛍光色のピンクと黄色と緑色の、小さなヒトたちが、元気そうに、またはほとんど死んだ状態で（どちらかは、うまく判断できない）並んでいる絵でした。

一月某日　晴
仕事場から歩いて三十歩ほどのところにある郵便ポストが、突然なくなっている。
ひっこぬかれたらしい。
ポストの足のかたちに、地面に穴があいている。

茫然。

一月某日　晴

ポストがなくて、とても困る。

ポストを探し歩く。

歩いて五分の煙草屋《たばこや》さんの前。

歩いて七分のお蕎麦屋《そばや》さんの前。

歩いて十二分の交番の前。

三台（台、という数えかたでいいのだろうか?）見つけて、それぞれをじっと観察する。なんだかみんな、よそよそしい。

どうして急にひっこぬいてしまったのだろう。いったい誰が。そして、いつ。

真夜中だったのだろうか。

ポストは助けを求めたり叫んだりしなかったのだろうか。

誰も助けにかけつけなかったのだろうか。

どうしてわたしが気づいてかけつけてやれなかったのだろう。

ひがな一日、後悔にくれる。

一月某日　晴

突然ポストが出現する。

以前のポストがあった場所の、道をへだてた向かい側に、新しいポストはあらわれた。

前のポストとは違う、最新式のかたちのものである。

前のポストとは、みるからに血筋のことなる奴《やつ》だ。ぴかぴかしていて、冷静で、頭がよさそうだ。

あやしんで、棒でつつく。

おじさんおばさん。

二月某日　晴

おじさんの話になる。

友だちは、みんなおじさんが好きなのである。

今まで会ったおじさんの中で、一番おじさんらしいおじさんはどんなおじさんだったかと、いろいろ例をあげながら話し合う。

さんざん論議したすえ、ようやく結論がでる。

「酒の席で言い合いになり、なぐりかかってきた凶悪そうな人に対するために、ふところから凶器を取り出す、その凶器がまるのままのかつおぶしであった」

というおじさんが、一等賞と決まる。

二月某日　晴

おばさんの話になる。

友だちは、みんなほとんどがおばさんである。

人には同族嫌悪があるから、たいがいの友だちは、おばさんが苦手なのである。

いちばん苦手なおばさんについて、例をあげて話し合う。

「突然家にやってきてピンポンを鳴らし、『こないだから貸しっぱなしにしているあたしのたましい、早く返してくださいよ』と、がなりたてる」

というおばさんが、一等賞となる。

二月某日　曇

こどもとお喋りする。

なんだか違和感が残る。

「あつものにこりてなまずをふく」と、こどもが言っていたからだと、しばらくしてから気づく。

なます、ではなく、なまず、なのだ。

なまずって、つめたいのだろうか。

つめたいんだろうな。

それだったら、筋は通ってるんじゃあないのか？

なますよりもなまずの方がぬらぬらしてて、感じが出るかもしれないし。

考えているうちに、ひどくあやふやな気分になってしまう。

さんざん迷ってからようやく、「そのことわざ、勘違いしておぼえてるよ」と、こどもに注意しにゆく。

二月某日　曇

初めて行った町で、突然おばさんに話しかけられる。

「ねえ、このへんで面白い場所、知らない？」

おばさんは、親しげだ。

「い、いえ」

「あたし、もう六十年もここいらに住んでるから、飽きちゃって。よそから来た人

なら、どこか知ってるかと思ってね」

おばさんはとても明るい口調だ。

やはりおばさんは、おそろしい。

二月某日　雨

近所のコンビニエンスストアの経営者である六十代のおじさんのことを、床屋のおじさんに教えてもらう。

「あのご主人さ、見事にくろぐろとしたリーゼントヘアーでしょ。あれ、染めてると思う?」

「い、いえ、よくわかりません」

「染めてないのよ。ぜんぶ自前。すごいでしょ」

床屋のおじさんは、自分のことのように嬉しそうだ。

おじさんは友情にあついのである。

伊佐坂先生。

三月某日　曇

金沢に行く。

金沢に行き、香林坊《こうりんぼう》で夕飯を食べると、必ず寄ってしまうケーキ屋さんがある。夜の十時すぎでも開いているケーキ屋さんなのである。ふだん甘いものは全然食べないのに、なぜだか金沢に来ると、このケーキ屋さんにふらふらと入ってゆき、なにがしかのケーキを買ってしまうのだ。

今回は絶対に行くまいと決意していたのに、あんのじょう、ずるずるとケーキ屋さんの前まで来てしまう。

しかたがない、一つだけ買って我慢しようとするが、できない。結局ミルフィーユとシュークリーム（生クリームの）とチョコレートケーキを買って帰り、ホテルの部屋であまさずきれいにたいらげてしまう。

三月某日　晴

朝から胸やけ。

でも、満足。

三年ぶんくらいの「ケーキ欲」が満たされた感じである。

「ケーキ欲」。

ふだんわたしがケーキに対する欲望を持たないのは、この欲が無意識下に押しこめられているからだけれど、金沢の香林坊のくだんのケーキ屋だけは、無意識下のわたしの欲望を解放してしまうのではないか。

非常に危険なことである。

三月某日　晴

金沢最後の日。

バス停の路線図を眺めていたら、「川上広見」というバス停がある。

漢字は違うが、読みはわたしの名前と一緒、「かわかみひろみ」である。

びっくりして、「かわかみひろみ」を通る路線に飛び乗る。

十五分ほどで「かわかみひろみ」に着く。

何もない住宅街である。

しばらくぼんやりする。それから、道を歩いているおばあさんに、

「このバス停の名前の由来は何ですか」

と、聞いてみる。

「すぐそばの川の、川上の広くなっているところが、このあたりから見えるからですよ」

おばあさんはきっぱりと答えた。

（そ、そんな場所なら日本中に無数にあるだろうに、なぜここだけにその名が？）

という疑問はわいてくるのだが、おばあさんの決然とした様子に気圧《けお》されて、

「は、はい」

と答え、思わず、気をつけの姿勢をとってしまう。

三月某日　晴

東京に帰ってくる。

近所を散歩する。

いつもと違う道筋をゆき、迷ううちに、「伊佐坂《いさささか》」さんの家をみつける。

実在しているなんて！

小説家なんだろうか。

すぐ隣には「磯野《いその》」さんと「フグ田」さんの家があるんだろうか。

「花沢」さんも近所に住んでいるんだろうか。

「ノリスケ」さんは今も、しょっちゅう「伊佐坂」さんの家に原稿とりに来ているんだろうか。

「伊佐坂」家は、日本ふうのお庭の、瓦屋根のおうちでした。

伊達政宗の件。

四月某日　晴

神保町に行く。

そのあと、銀座まで歩く。

家の近くを散歩することは多いけれど、都会を散歩することはめったにないので、興奮する。

家の近くとのいちばんの違いは、携帯電話で喋りながら歩いているスーツ姿の男の人や女の人が、とても多いということである。

話している人と行き合うたびに、ひそかに寄っていって、耳をすませる。

聞いた言葉の中で、印象に残ったものを、あげておきます。

「キャッシュだよ、キャッシュをこう、どしゃんと、つみあげてほしいのよ」

「超四畳半な家でさあ」

「伊達政宗《だてまさむね》の件はだめでした」

「キャベツの芯ってどう?」

「あなたの声は聞きたくないですから。あなたの声は聞きたくないですから。あなたの声は聞きたくないですから」

都会で働くことの大変さを、かいま見る思い。

四月某日　曇

また都会に行く。

お酒を飲む。

カウンターの隣に、男女の二人づれがいる。女の人の方は、髪をしっかり盛り上げて、まつげを長くカールさせている。男の人の方は、ほとんどつまみに手をつけずに、ビールばかりをたくさん飲んでいる。

男の人が突然上着を脱ぎ、

「この上着、いいでしょう」

と話しかけてくる。びっくりして、

「はあ」

と答えると、男の人は、上着のブランド名を教えてくれる。

「哀川翔《あいかわしょう》さんが愛用しているブランドなんですよ」

また、はあ、と答える。男の人は何かしらのリアクションを期待しているようだ。どきどきするが、どうにも話の接ぎ穂がない。しかたなく、

「ビールお好きなんですね」

と言ってみる。すると男の人は、「哀川翔さん」はビールが大好きで、「哀川翔さん」の家には生ビールのサーバーがあるのだ、だから自分の家にもサーバーを備えたのだ、ということを、滔々《とうとう》と述べてくれたのでした。

四月某日　雨

また都会に行く。

お酒を飲む。

二軒めに入ろうとふらふら歩いていると、小体《こてい》なお寿司屋さんがある。ためしに入ってみる。お寿司はまっとうなのだが、なぜだか矢沢永吉《やざわえいきち》の音楽がずっと流れつづけている。

「ファンなんですか、矢沢永吉の」

と店主に聞くと、

「ええもうわたし、矢沢永吉さんの、三十年来のファンなんですよ」

との答え。

尊敬するアニキに対しては、フルネームに、「さん」づけ。それが鉄則なのでしょうか。

四月某日　晴

地元を散歩していると、「矢沢永吉さん命」とボディーに書いてある軽乗用車を発見。

フルネームに、「さん」づけ。やはりこれが、鉄則なのであった。

かばんの中の犬。

五月某日　晴

電車に乗る。

正面の席に座っているおじさんが、小さなかばんを大事そうに脇に置いている。だんだん電車が混んでくる。かばんは、一人ぶんの席を占領している。立っている人たちがうらめしそうに眺めては、目をそらす。

突然、おじさんはかばんのファスナーを開いた。

中から犬があらわれた。

毛の長い、真っ白な犬である。背筋をのばし、体の半分くらいを、犬はかばんの外に出した。

おじさんは犬を撫《な》でた。犬は静かにしっぽをふった。また撫でる。またしっぽがふられる。御茶ノ水《おちゃのみず》駅から吉祥寺《きちじょうじ》駅まで、撫でる、しっぽをふる、は、繰り返された。

そこで電車を降りたのでその後のことは知らない。犬は一回も鳴き声をあげなかった。おじさんの手にはたくさん毛がはえていた。

五月某日　晴

また電車に乗る。

またかばんに犬を入れて座席に載せている人に会う。

今度は母娘らしき二人連れである。犬は、やはり白い長い毛の種類。かばんから半身を出して、静かに撫でられている。区間は荻窪《おぎくぼ》から新宿まで。

もしかして、中央線では白い犬をかばんに入れて乗ることがはやっている、ということを、わたしだけがまだ知らないのだろうか。それともあの犬は実は犬ではなくて、連れている人たちの体の一部なのだろうか。または連れている人たちが犬の一部なのか。

五月某日　曇

八王子《はちおうじ》まで仕事で行く。また白い犬をかばんに入れた人を中央線で見てしまう。大きな腕輪をつけたおねえさんである。

仕事の帰りに八王子のうめぼし屋さんに寄り、ものすごくすっぱくてしょっぱいうめぼしを、百グラム買う。

歩きながら二つぶ、つづけざまに食べる。しょっぱくて、少し気が晴れる。犬のことはもういいことにする。

五月某日　晴

でもまた犬を見てしまう。

中央線。国立《くにたち》から立川《たちかわ》の間。白い三匹の犬。小さなかばんにぎゅうづめ。でも決して鳴かない。連れているのは大きなおじいさん。白髪をポニーテールにしている。

今までの白い犬連れの人たちと同様、ひどく放心している。犬を撫でる手つきは、これもやはり今までの人たちと同様、世界でいちばん大事な恋人の背中を撫でるような、たいそう繊細で優しい手つきである。

五月某日　雨

犬のいなさそうな電車に乗りに行く。
いろいろ考えて、横浜線にする。
あんのじょう、白い犬を連れた乗客など、一人もいない。
町田で牛丼の大盛りを食べ、平和のうちに帰ってくる。夜、胸焼けで少し苦しむ。

のるりんです。

六月某日　雨

ラジオの仕事で、NHKに行く。渋谷《しぶや》駅から、「スタジオパーク行き」バスに乗る。ひどく興奮している。これからラジオで話をするからである。

興奮したまま、一時間半ほど喋る。興奮のせいで、たくさんとんちんかんな言葉を使ってしまう。

「電車にのるんですよ」のつもりで、

「電車にのるりんですよ」と言ってしまったり。

「お酒を飲むんですよ」と言おうとして、

「お酒に飲まれるんですよ」と言ってしまったり。

きわめつけは、

「いい人ですね」と言おうとして、

「いい人ではないですね」と言ってしまったことである。

くよくよしながら、NHKの社員食堂でラーメンを食べて帰る。醬油味《しょうゆあじ》の、昔ふうの東京ラーメンでした。

あと、NHKの社員食堂には、何種類かのにぎり寿司があります。さすがNHK。

六月某日　雨

携帯電話をなくす。

警察に届ける。

二時間ほどで連絡がくる。

四丁目のお宅の郵便受けに入っていました、とのことである。

四丁目に行ったおぼえはない。

誰かが拾って、そのまま持って散歩して、はっと気がついて、そこにあった郵便受けに放りこんだのだろうか。

携帯電話が、不憫《ふびん》である。

六月某日　曇

大きな馬に乗って、九州の上空を飛ぶ夢をみる。

馬は、ぶちの、鼻息の荒い馬である。

六月某日　晴

詩人が五十人、家にやってくる夢をみる。

詩人たちは、みな帽子をかぶっている。

中に一人、帽子のかわりに白い大きなお皿を頭にのせた詩人がいる。

お皿は、ぐらりとすることなく、たいそう安定よく、詩人の頭のてっぺんにはりついているのである。

六月某日　晴

テレビで陸上競技会をみる。

「下《さが》り藤《ふじ》」さんという競技者がいて、びっくりする。

ひらがなと漢字がまじっている名字を見たのは、生まれてはじめてです。

六月某日　晴

酔っぱらって昨夜脱いだジーパンが、行方不明になっている。狭い家なのに、どこを探しても、ない。

もしかして、まちがって外で脱いでしまったのではないだろうかと、おののく。最近そういう事件もあったことだし。

「そちらのジーパンが、五丁目のお宅の郵便受けに入ってました」

という電話が、ある日警察から来たら、どうしよう。

旅のしおり。

七月某日　曇

何日か前から痛んでいたお腹が、さらにどんどん痛くなってくる。たぶん、このところの暴飲暴食がたたったにちがいない。でも日曜日だから、いつも行っている、一人二役で中村先生と原田先生とを演じわけるお医者さんの病院（四十五頁参照）は、お休みだ。

昼過ぎ、ついに耐えられなくなって、救急指定病院を、市の「くらしのおたより帳」で捜す。

一番近い病院にタクシーで行って、レントゲンを撮ったり診察してもらったりしたすえ、胃炎の少し重いものであるということが判明する。

「これは、大きなストレスがかかった時の症状ですね」

とお医者さんに言われ、

のだ。

どう考えても原因は暴飲暴食のはずなのだけれど、お医者さんのお墨付きが出た

と思う。

（しめた）

これからは会う人ごとに、

「いやはやひどいストレスで」

と、いかにも深刻そうに、現代人ぶってやるのだ。

七月某日　雨

ようやく胃炎がおさまる。

夕方、友だちから電話がある。

「ねえ、にんじん、いらない？」

もらえれば、嬉しいよ。そう答えると、友だちは恥ずかしそうに、

「通信販売で、にんじんジュースを三十本頼んだつもりだったんだけれど、まちが

えて、にんじんそのものを三十本頼んじゃったの」
と、告白してくれた。

七月某日　晴

何人かの友だちと、飲む。
中に、初めて会う女の人がいて、手相を能《よ》く観《み》るのだという。
試しに観てもらうと、
「ストレスがこれほど溜《た》まらないタイプの手相の人は珍しいですねえ」
と言われる。
医学と易学、どちらが正しいのか!?

七月某日　雨

親族数名で行く旅行の計画をたてる。
今回の幹事はわたしなのである。

念願の「旅のしおり」を作る。

手書きコピーの、「持ちもの」や「部屋割り」や「日程」や「メモらん」や「バスの中で唄うための歌集」のついたものである。

心をこめてていねいに作り、大満足でみんなに発送する。

午後遅く、インターネットで申し込んだ「格安航空券」が、出発時刻のずれた異なる便の飛行機だったことが判明し、あせって申し込みしなおす。

その後さらに、手配していた「中型タクシー五人乗り」が、中型ワゴンではなく、ただの中型乗用車であることも判明し、あせって二台に分乗するよう申し込みしなおす。

しおりだけは立派なのだが、実質が全然伴っていない。わたしの中の「ストレス」と、何か関係あるのだろうか。

四国が足りない。

八月某日　晴

道を歩いていると、おにいさんが、箱を積んだ台車を押しながら、向こうからやってくる。

すれちがいざま、おにいさんは、

「むっちゃくちゃ新鮮でおいしくてすんごい桃と梨、いりませんか」

と、話しかけてきた。

「山形から運んできたばっかりなんす」

どうやら新手の果物直売商法らしいのだけれど、道はほとんど誰も通らないような道だし、どこかに「桃と梨の直売」の説明書きがあるわけでもないし、おにいさんは色のあせたハードロックカフェのTシャツを着ているしで、怪しいことこのうえない。

ふるふると首を横に振り、いそいで立ち去る。

八月某日　晴

道を歩いていると、この前の桃のおにいさんがやってくる。

やはり同じハードロックカフェのTシャツを着て台車を押しているが、箱はすでにきれいにたたまれ、紐《ひも》でくくってある。

桃も梨も、全部売れたにちがいない。

こういう商売が成り立つとすると、今後もまた、すれちがいざま突然に、

「こっそり仕入れてきた、血統書つきのとびきりの犬、いりませんか」

とか、

「今工場で製造したばかりの小型ノートパソコン、ありますぜ」

とか、

「カリスマ店員おすすめの、絶対に泣ける小説、そろえてあります」

などと、道ばたで話しかけてくるおにいさんが出現する可能性がある。

とっても、いやだ。

八月某日　晴

じんましんができる。

短時間のうちにかゆみはどんどん増し、一時間ほどで、日本列島のかたちに腫れひろがった。北海道、本州、九州、沖縄、それに壱岐《いき》対馬《つしま》も、ちゃんとある。佐渡も。淡路島も。

惜しいことに、四国だけが欠けている。

懸命にがりがりひっかいて、四国をつくりだそうとしたけれど、だめだった。がっかりである。

八月某日　曇

近所を歩いていたら、キャバクラをみつける。

店先には女の子たちの写真がピンナップしてあり、

「不景気特別サービス　２０００円」

という貼り紙が。

それが妥当な安値なのかどうか、わたしにはさっぱりわからないのだけれども、どんなものも商売に利用しようとする、店の経営者の強靭《きょうじん》な精神に、ちょっとだけ感動する。

とひょう。

九月某日　晴

大きなこおろぎが、停車中の車の窓から顔を出している。

びっくりして眺めていると、こおろぎは、

「CO^2削減って……、なんのこと？」と、巻き舌で聞いてきた。

九月某日　晴

頭の大きさがみかんくらいしかない男が、「ぼくはどうやら森鷗外《おうがい》の親戚筋にあたるらしいんですが、あなた、遺産問題について相談に乗ってくれる弁護士を知りませんか」

と、話しかけてくる。

駅前の銀行ロビーでのことである。

九月某日　晴

洗濯を干しているおばさんとみえたものは、実は大きなひまわりだった。

ひまわりが干そうとしているのは、小さなひらひらしたパンツと、紺色のダッフルコートである。

ひまわりなので、当然顔にはびっしり種がつまっている。

話しかけたが、むろん無視された。

九月某日　晴

相撲部屋に入門する。

女は土俵にのぼることは禁止されているので、土俵そっくりの「とひょう」というものをつくって、そこで相撲をとる。

「とひょう」は、ぎっしりとナマコをしきつめたもので、ぜんたいの形はひょうたん型だ。

足がナマコですべるので、高度な取り組み技術が要求されて、それはそれは大変だ。

九月某日　晴

というような夢を毎晩みるようになったのは、横浜で開催中の『海のエジプト展』に行って以来のことである。

たくさん飾ってあったスフィンクスのたたりか。それとも、遺跡から大量に発見されたという、トガリネズミのミイラの呪いか。

九月某日　雨

スフィンクスのことを、いちにち、考える。

トガリネズミのことも。

もうへんな夢はみませんようにと、その二つのものに、繰り返し祈りをささげ

る。

九月某日　曇

祈りがスフィンクス（またはトガリネズミ）に届いたのか、へんな夢をみないまま、朝を迎える。
みなくなってみると、ちょっとつまらないような気もするけれど、ナマコの上でお相撲を取るよりは、もちろんいい。

九月某日　雨

でもときどきまだ、へんな夢をみる。
車の窓からまた、こおろぎが顔を出して、「エコカー減税って……、なんのこと？」
と、聞いてきた。
こおろぎが乗っているのは、まっかなランボルギーニカウンタックである。

「きっとあなたには関係のない事柄ですよ」

と答えると、こおろぎは、りりりりり、というきれいな声で、お礼がわりにひとしきり鳴いてくれた（巻き舌で）。

ハサミムシが。

十月某日　晴

近所の喫茶店で、新しく出る本の打ち合わせ。

進行のことや、装丁のこと、解説のこと、帯のことなどを、みっちりと話し合う。しごく事務的に話は進み、もうじき終わろうかという時になって、突然打ち合わせの相手である編集者が、

「あたし昔、入学祝いに、しまりすの剝製をもらったんです。おじさんから」

と、つぶやく。

つぶやき終えると、編集者はふたたびてきぱきとした事務的な様子に戻り、そのまま何事もなかったかのように立ち上がって会計をしに行き、にこやかに打ち合わせの終了を告げるのだった。

十月某日　晴

突然秋になる。

近所のマンションの屋上にのぼって、町を見渡す。

きんもくせいの咲いている場所がいくつもあり、どこも灯がともったように、ぽうとだいだい色に染まっている。

地図に、だいだい色の場所をかきこむ。

帰り道、そのうちの三か所に寄って、きんもくせいの茂みに顔をよせ、思いきりくんくんかぐ。

明日は、残りの八か所をめぐってみよう。

そして明後日は、あとの五か所を。

きんもくせいの時期は、一週間。

一刻も無駄にはできないのだ。

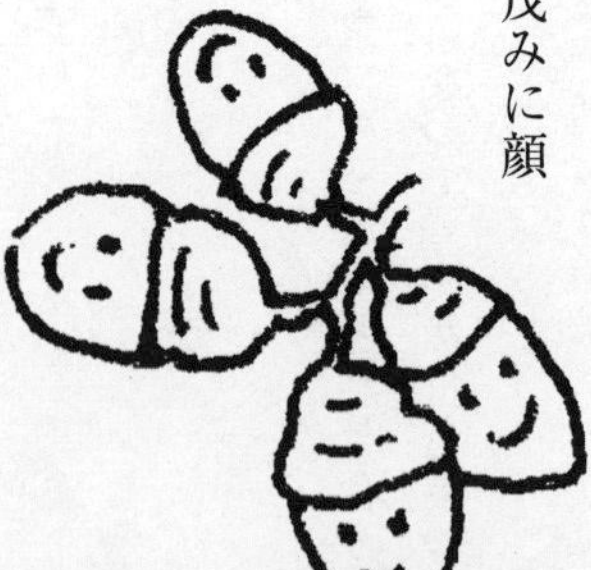

十月某日　雨

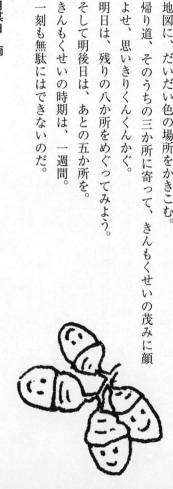

夜中、突然目が覚める。
しばらく本を読む。
手元灯に照らされた枕もとを歩いてゆく、小さな黒いものがある。
ものすごく微細な、ハサミムシだった。
そっとつまんで、外に出してやる。
しばらく本を読んでから、眠りにつく。

十月某日　雨

夜中、寝床で本を読んでいると、黒いものが、また枕もとを歩いてゆく。
ふつうの大きさの、ハサミムシだった。
そっとつまんで、外に出してやる。
しばらく本を読んでから、眠りにつく。

十月某日　雨

夜中、黒いものが、また枕もとを歩いてゆく。
大きな、ハサミムシだった。
そっとつまんで、外に出す。
しばらく本を読んだが、眠れなかった。

十月某日　曇

夜中、大きな黒いものが、枕もとを歩いてゆく。
巨大な、ハサミムシだった。
むんずとつかんで、外に放り出す。
しばらく考えたすえ、決意をかため、バルサンの焚きかたをネットで検索する。
それから、念のために「幻視」という項目も。
どきどきして、夜明けまで寝つかれず。

ナマズの幸運。

十一月某日　晴

少しだけ遠出。

出先の商店街にある定食屋さんで、お昼にする。

卓の上には、ふつうのメニューのほかに、英語のメニューもある。手に取って、くらべてみる。英語のメニューは、日本語のものよりも、ことこまかに書かれている。

たとえば、日本語の方には、ただ「カレー」一種なのだが、英語のものには「シュリンプカレー」「ビーフカレー」「ポークカレー」の三種がある。

日本語のメニューには、ただ「うどん」としかないのに、英語には「キツネヌードル」「タヌキヌードル」「テンプラヌードル」とある。

いろいろ迷ったすえ、「シュリンプカレー」を注文してみる。

お店のおばさんは、

「そんなもの、ありません」と、そっけない。それならばと、

「タヌキヌードルください」と言ったら、

「だから、そのメニューは、うちのばか息子が勝手に作ったもので、外国人の観光客以外には通用しないんですよ」との答えである。

ぜんたいに、意味が不明である。そもそもこの町には、観光客はまず訪れそうにない。

仕方ないので、ただの「うどん」を頼む。

「うどん」は、きつねうどんでした。

十一月某日　曇

仕事のあと、みんなでおそば屋さんへ。

少しだけ飲んでから、最後は柚子《ゆず》きりでしめる。

帰りがけ、お店の人に、

「これ、いりますか。柚子きりに使ったあとのものなんですが」

と、皮をすっかりむいた柚子を差し出される。皮の下の白い部分でおおわれた、でこぼこした不思議な柚子である。白い部分のところどころがほんの少しだけ透けて、うっすらと柚子の実の色がみえている。

よろこんで、貰《もら》う。

帰ってから、台所のいちばんいい場所（流しの横のステンレスのまんなか）に、おそなえする。

十一月某日　雨

前の日に貰った柚子で、柚子湯にする。

沈ませても沈ませても浮いてくるのが、可愛い。名前をつけたいくらい可愛くなってくるが、途中でぎゅっと絞ったので、平らにしぼんでしまった。それからはもう浮かぶことなく、底の方に沈んでわだかまっている。

もう可愛くないので、お湯をおとしてから、すぐにごみ箱に捨ててしまう。

（冷酷だな）

と思うが、可愛くないものは、しょうがない。

十一月某日　曇

この季節になると、毎年思い出すことがある。

それは、秋篠宮《あきしののみや》殿下が結婚した平成二年の、十一月の出来事である。

奈良ホテルの池に棲息《せいそく》するナマズ四匹を、奈良ホテルの従業員が捕獲して、秋篠宮家に献上したのである。

捕獲。四匹。奈良ホテル。

思い出すたびに、複雑な気分になる。

ナマズの幸運を祈るばかりである。

阿闍梨スペシャル。

十二月某日　晴

三軒茶屋で飲み会。

そのあと、酔っぱらって世田谷線に乗る。

何回か往復したのちに、はっと気がつき、一緒に乗っていた、こちらも酔っぱらいの友だちと、駅も確かめずに飛び下りる。

酔いをさまそうと、目の前にある喫茶店に入る。

店に入ってから、メニューにある店名を見ると、「喫茶　阿闍梨《あじゃり》」とある。

内心でおののきながら、コーヒーと、「カクテル　阿闍梨スペシャル」を頼む。

「阿闍梨スペシャル」は、真っ赤で、非常に甘くて、細長いカクテル用のグラスに、なみなみとたたえられている。

コーヒーと交互に飲み、おかわりも頼み、またコーヒーと交互に飲み、そうしているうちに閉店となって、店を追い出される。

十二月某日　曇

阿闍梨スペシャルのためか、ひどい二日酔い。
夜、同いどし（五十一歳）の知人から電話がかかってくる。
「ねえねえ聞いて、あたし、妊娠したの。予定日は来年の八月」
とのこと。
前回の出産は二十年前との由。ちなみに、今のつれあいは、
三人めの夫。
電話を切ってから、黙念と掃除。

十二月某日　晴

忘年会。
中の一人の中年編集者が、ぼやきを。

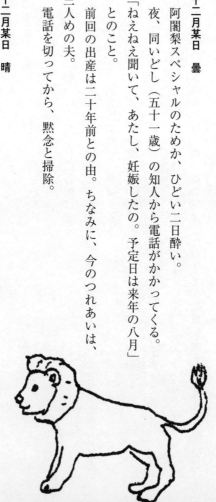

「この前、知人の家に、おいなりさんとかんぴょう巻きを持って、遊びに行ったんです」

知人は、おいなりさんはふつうに食べたが、かんぴょう巻きについては、突然鬼のような顔になって、

「かんぴょうは、嫌いだっ」

と叫び、部屋の四方に一個ずつ投げつけたそうだ。

「かんぴょうが、可哀相《かわいそう》です」

中年編集者は繰り返しぼやきつづけ、最後には絞りだすように、

「かんぴょうが、かんぴょうが、かんぴょうが」

と、叫んだ。

十二月某日　雨

暮れの町を散歩。

前を、ものすごくスタイルのいい男女が歩いてゆく。

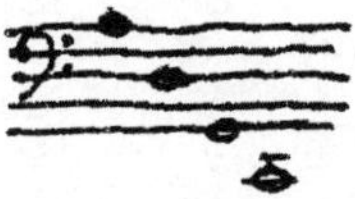

女の人は長い髪を金色にそめ、ほとんどパンツが見えそうなミニスカート。下手をすると猥雑《わいざつ》になってしまうかもしれないところだが、すらりとのびた長い足と、ほどよくめりはりのある体全体が、清潔な印象をつくりだしている。

いっぽうの長身の男の人は、くりくりの癖っ毛を少し長めにのばし、ぴったりとした革のパンツに、これも革の上着を、無造作に着こなしている。

すわ、どこのモデル二人か、と、早足で前にまわって見たら、七十歳はとうに越えているだろう、皺《しわ》だらけの二人だった。

このごろ巷で言う「アンチエイジング」とは全然異なる、もっとオリジナルな心意気を感じ、嬉しくなってしばらく跡をつける。

今年こそ太らない体質特集。

一月某日　晴

テレビを見る。

ウクライナでは、美人の基準は「眉がつながっている」ことだと、番組で言っている。

実はわたしは、ほうっておくと眉毛がつながる質《たち》である。

一ヵ月ほど眉頭を剃《そ》らないで過ごせば、両の眉はほそくつながり、ちょうどかもめがひらひらと飛んでいるような形になる。

老後はぜひウクライナに移住しようと決意。

一月某日　曇

「今年こそ太らない体質をつくる」という特集をしている雑誌を、コンビニエンスストアで見つける。

買うのが気恥ずかしいので迷ったが、思いきって購入する。

午後郵便受けを見にゆくと、出版社から雑誌が二冊送られてきている。びりびりと一つの封筒を破ると、中からは「今年こそ太らない体質をつくる特集」をしている雑誌が出てくる。

もう一つの封筒もびりびりと破ると、中からまた、「今年こそ太らない体質をつくる」が。

そういえば、昨年末にその出版社の人が、「来年からあの雑誌を寄贈しますね」と言ってくれていたのだった。二冊来たのは、たまたまその号にわたしのインタビューが載っているからで、これはインタビュー担当の人からの寄贈。送ってもらう約束のことも、インタビューが載る号のことも、すっかり失念していた。

三冊の、緑色の、大判の、まったく同じ「今年こそ太らない体質をつくる」号を眺めながら、

(いちばん心配なのは、正月太りではなく、頭の方だな)

と、まがまがしい気分にひたる。

一月某日　雨

耳鳴りの音が、いつものセミの鳴き声から、突然小鳥のさえずりになる。

ジー―、から、ピチュピチュピチュ、に変わったわけである。

耳には心地よいが、体にとってそれがいいことなのかどうかは、疑問。

まあしかし、心地よいので、ほうっておくことにする。

一月某日　晴

博多に行く。

地下鉄車内でのアナウンス。

「ヘッドホンステレオの音量は小さくして下さい。他のお客さまの迷惑となります」

しばらく待ったが、東京ではまっさきにされる携帯電話使用についてのアナウンスは、特になし。

一月某日　雨

博多の地下鉄にまた乗る。

「レジの時、釣り銭を直接おさいふに入れてって頼む男の人が、タイプなんだー」

若い女の子が、連れの女の子に言っている。二人ともコンビニエンスストアでアルバイトをしているらしき様子。

直接釣り銭。そんなにいいものなのだろうか。

博多は、ぜんたいに奥が深い。

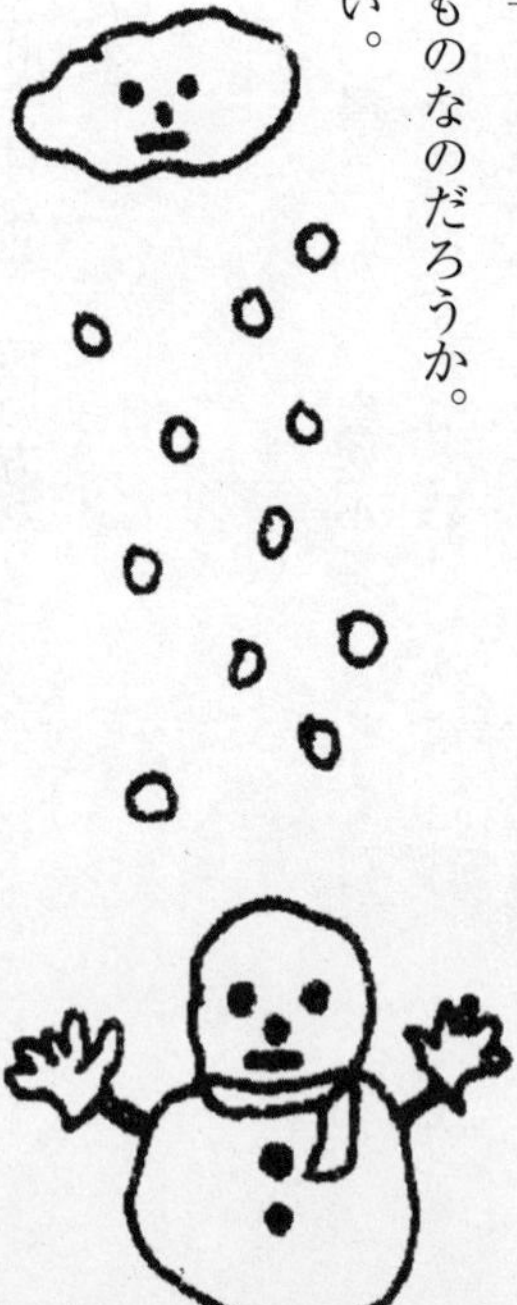

馬に注意。

二月某日　晴

散歩に行く。

一時間半ほどぼんやり歩いていたら、実家のある町に着いてしまった。そのまま実家に行こうかどうしようか、ひどく迷う。手ぶらで、ちり紙しか持っていなくて、おまけに、今書いている小説のことを道々考えていたせいで、ものすごく邪悪な顔になっているとおぼしいからだ（小説の筋や細かなあれこれを考える時、わたしはいつもひどく邪悪な顔つきになるらしい）。

さんざん迷ったすえ、結局実家に行く。帰りも歩くには疲れてしまっていたので、電車賃百二十円を借りる必要があったのだ。

できるだけ柔和な表情をつくり、そっとチャイムを押す。

さいわい、表情については事なきをえたが、五十一歳にもなって電車賃の百二十円すら所持していないことについて、がみがみと叱られる。
ほうほうの体で、帰宅。

二月某日　晴

お寿司を食べに、町に出る。
けれど、めあてのお店は、臨時休業。
代わりに入るお店をさがしてぼんやりと歩いてゆくうちに、町はずれに出てしまう。
住宅街の道すじに車両通行禁止の看板があり、その看板の隅に、
「馬に注意」
と書いてある。
何回も目をこすって読み直したが、まちがいはない。
いったいこの町の、どこに、どんな、馬が!?

二月某日　雨

この前臨時休業だったお寿司屋さんを、ふたたび訪ねる。

開いていて、安心する。

「どうしたんですかこの前は。風邪でもひいたんですか」

と聞くと、ご主人は頭を掻《か》きながら、

「いやあ、ほたてに噛《か》まれちゃって」

「えっ、ほたて」

「ええ、ほたて。ひとさし指をこう、がぶりとね」

「がぶり。血は出たんですか」

「そりゃあもう、どくどくと。包帯して鮨《すし》握れないから、しょうがない、この前は休みにしちゃいましたよ」

ほたてが、そんなにも凶暴だったなんて、今の今までまったく知らなかった。

馬といい、ほたてといい、まだまだ人生は知らないことだらけである。

二月某日　雪

遅ればせの新年会。

死んだ飼い犬の骨を、ペンダントにして首からさげている人がいる。

「どの子とも離れがたくて、こうやってペンダントにしていつも身につけてるんです。このほかにも、猫が三匹ぶんに、犬もあと二匹ぶん。カピバラも飼ってたんですけれど、これは火葬にしないで庭に埋めたから、骨はないんです」

とのこと。

骨は、ざらざらしていて、珊瑚《さんご》に似ていた。

その夜は、少し焼酎を飲みすぎて、悪酔い。

『東京日記3　ナマズの幸運。』単行本あとがき

東京日記も、3になりました。

この日記に書いてあることのうち、以前は五分の四くらいがほんとうのことだったのですが、ほんとうのこと率は年々上がっているようで、この巻では十分の九くらいに上昇しました。

率が上がっているのは、ほかには、パンツの記述率、年配者の跡をつける率、自分の名前を地名に探す率、などでした。

ことパンツの記述にかんしては、巻中に四箇所もあって、パンツに対する自分のなみなみならぬ熱意に、あらためて驚きました。更年期と、何らかの関係があるのやもしれません。

長くつづけてこられたのは、ひとえに愛読してくださる読者のみなさまのおかげです。いつも、ほんとうにありがとうございます。

二〇一〇年師走　武蔵野にて

東京日記4

不良になりました。

十七回め。

三月某日　晴

雑誌の、「片づけ特集」号を買ってきて、熟読する。

「多くの人が、リバウンドに苦しめられています」

という文章を発見して、びっくりする。

リバウンド。

ダイエットに成功した後に、ふたたびじわじわと太りはじめてしまった時にだけ、使う言葉なのだと思っていた。けれど、どうやら「片づけ界」においても、「片づけに成功したのち、ふたたびじわじわと部屋が散らかってきてしまった」ことを、リバウンドというらしいのである。

とすれば、

「家の中で一日じゅうパジャマで過ごさず、ちゃんとした服に着替える習慣がつい

たのち、ふたたびパジャマにずるずる戻ってしまった」

「休肝日を週二回もうける習慣がついたのち、ふたたび毎日飲むようになってしまった」

「ドラクエを繰り返しやる習慣を絶ったのち、十七回めをまた始めた」

「好物でも床に落ちた食べものは拾わない習慣がついたのち、やっぱり拾って食べた」

等々、思い起こしてみれば、わたしの人生「リバウンド」だらけである。

明日から「リバウンド川上」と名乗ろうかと本気で吟味しつつ、就寝。

三月某日　雨

友だちから、電話。

「あのね、あたし、前に阿修羅《あしゅら》展に行った話、したよね」

と、友だち。

「二時間並んだことも、言ったよね」

「うん」

「日本人は、阿修羅がこんなにも大好きなんだって思ったことも、言ったよね」

「うん」

「で、昨日は土偶展に行ったの。そしたら、これも一時間半待ちだったの」

「うん」

「阿修羅はまあわかるとして、日本人って、土偶のことも、それほど好きだったの？　ねえ、日本人って、どういう人たちなの」

憤然と、友だちは聞くのだった。

わたしにも、わかりません。

三月某日　曇ときどき雪

電車に乗る。

寒い日で、雪もちらつきはじめた。

扉の横に、胸もとがものすごくあいた服を着ている女の子が立っている。

寒いので、女の子の胸には鳥はだがたっている。

大きないいかたちの胸で、まんなかには深い谷もできていて、ぜんたいにとっても美しいのだけれど、鳥はだのせいで、次第にその胸が胸ではない、何か違うもののように思えてきて、どぎまぎする。

できるだけ見ないようにするが、我慢すればするほど、反射のように一瞬ちらりと見てしまう自分を持てあまし、寒い日なのに汗ばむ。

三月某日　雨

居酒屋で、お酒を飲む。

たくさんの種類の焼酎が置いてあるお店である。焼酎もおいしいし、料理もいい。

店主がしているエプロンに、「ラーメンすえよし」というロゴが入っているので、

「ラーメンすえよしとは、どこにあるお店なんですか」

と聞いてみる。

「ラーメンすえよしは、この店です」

「ああ、このお店の前身はラーメン屋さんだったんですか」

「いや、今もここは、れっきとしたラーメンすえよしです」

けれど、お店のメニューには、ラーメンは、ない。看板に書いてある店名も、「ラーメンすえよし」とはまったく違う。

「で、でも、ここはラーメンすえよしなんですね」

気弱に確認すると、店主は大きくうなずいた。それから、大きな腹をさらに大きく突き出して、ゆさゆさと揺らすのだった。

アフターデス。

四月某日　晴

友だちと、夕飯。

ピザを食べたいと友だちが言うので、飲み屋さんがたくさん集まった小路にある、一度入ってみたいと思っていたひどく古びたお店、「ピザ&バー　ペーパームーン」に入る。

こわごわ店に入ると、そこはアメリカ西海岸ふうの普通のバーで、ひとまず安心する。

ピザと一緒に、店主はホットチリソースを三本、卓に持ってきた。

一本めは、「アフターデスソース」。

二本めは、「サドンデスソース」。

最後のは、「ウルトラデスソース」という名である。

「どれも、心底、辛いです。死ぬ可能性もありますから、たくさんかけないで下さい」

無表情に、店主は言った。

こわくて、もちろん友だちもわたしも手を出さなかった。ピザの味は、まあまあ。

四月某日　曇

でも、やっぱりデスソースは、試すべきだったのではないかと、突然気もそぞろになる。

友だちに電話して、ふたたび「ピザ&バー　ペーパームーン」を訪ねることを提案。

四月某日　雨

「ペーパームーン」を再訪。

けれど、表にはこんな貼り紙が。

「事情により店じまいのはこびとなりました。長年のご愛顧を感謝いたします。なお、デスソース愛好会の活動は、引き続きおこなう所存です」

「デスソース愛好会」の連絡先が書いていないかと探したけれど、どこにもなかった。

ああ、せめて一滴ずつでも、味わっておくべきだった、アフターと、サドンと、ウルトラ。

四月某日　晴

近所を散歩。

「ペーパームーン」に行ってみる。

やはり店は閉じており、貼り紙もなくなっていた。ただ、固く閉じられた鎧戸《よろいど》に、

血の色のペンキで、

「メガデスソースも忘れるな!!!」

と吹きつけてある。

メガデスソース。
それは、四番めのデスソースなのか？
謎は深まるばかりである。

無駄なのでございます。

五月某日　晴

眼鏡屋さんに行く。

わたしの視力は、左右がひどくアンバランスなのだ。

左の視力は0・1、右は、0・01以下である。

「以下、などという曖昧なものではなく、右目の正確な視力を教えて下さい」

と、いつも眼鏡屋さんに行くたびに頼むのだが、

「そういう検査は、うちでは無理なんですよう」

と、断られることになっている。

検査の結果、左目の近視がほんの少し進んでいるので、レンズを換えることとなる。別に持っている老眼鏡の方は、そのままでよろしいとのこと。

カウンターで相談をしていると、隣の人とお店の人のやりとりが聞こえてくる。

隣の人は、「最新の遠近両用眼鏡」についての説明を受けているのだ。

「わ、わたしも、遠近両用にできないんですか」

勢いこんで聞くと、お店の人は重々しく頭をふり、

「残念ですが、お客さまは、遠くを見る時は左の目しか使っていらっしゃらないし、近くを見る時には右の目しか使っていらっしゃらないのです。遠近両用にしても、無駄なのでございます」

と、きっぱり答えるのだった。

す、すると、わたしはいつも片目でしか世界を見ていなかったのか!?

ころびやすいのも、すぐに部屋の中のものにぶつかってあざをつくりやすいのも、すべてそのせいだったのか!?

生まれて初めて知るその事実に、大ショック。

五月某日　雨

この夏に公開されるスタジオジブリの映画『赤毛のアン』を見る。プログラムに

載るインタビューのためである。

アンや、マシュウや、マリラに、じいっと見入る。

(今わたしは、左の目だけでこの人たちを見ているんだ)

と思いながら、じいっと、見入る。

五月某日　曇

文学賞の選考会。

会議室のようなところで、机をかこんで選考はおこなわれるのである。

(今わたしは、目の前の小川洋子さんや町田康《こう》さんの顔を、右の目で見ているんだろうか、それとも左の目で見ているんだろうか)

と思いながら、論議に加わる。

(たぶん、すぐ隣の小川さんは右の目、少し遠い向かい側の町田さんは、左の目で見ているんだろうな)

左右の目を、そのようにばらばらに使いつつ、引き続き論議に参加する。

五月某日　晴

近所で、鷹を連れた人をまた発見する。

前の時（六十四頁参照）は、自転車のかごに鷹をとまらせたおじさんだったけれど、今日は腕に鷹をとまらせたお兄さんである。

三鷹駅のコンコースを、お兄さんは堂々と歩いていた。鷹は、微動だにしない。この前の鷹とは、少し種類が違うようである。尾羽根には、黒い縞ではなく、黄色い縞が入っている。

鷹率高し、三鷹市。

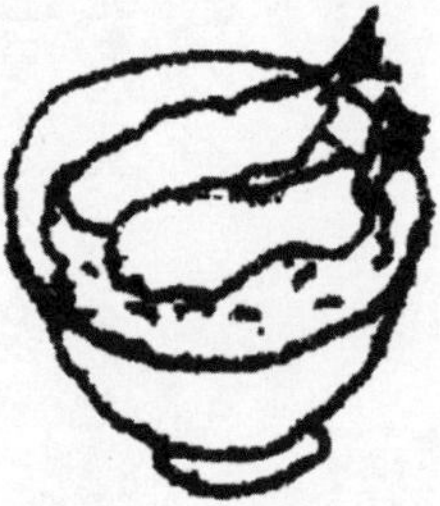

聞き耳をたてる。

六月某日　小雨

近所を散歩。

児童公園のあずまやで、雨宿りをする。

小学校の四年生くらいの男の子が二人、地べたに座りこんで、おしゃべりをしている。

こっそり聞き耳をたてていた、その時の会話。

「たいへんだ」

「どうしたの」

「近所のおじさんが、総理大臣になっちゃったんだって」

「マジ」

たしかに、菅直人《かんなおと》はこの近所に住んでいるのであった。

六月某日　曇

いつも疑問に思うこと。

政治家や要人の家の前で警備をしているＳＰのひとたちは、お手洗いに行きたくなった時、どうするのだろう。

たとえば、菅直人が副総理の時には、ＳＰがいつも一人、家の前に立っていた。

さあ、今まさにＳＰのひとは、お手洗いに行きたくなった。

その時、ＳＰは菅直人の家のお手洗いを借りるのか。

それとも、向かいの家と契約しておいて、そこで借りるのか。

それとも、携帯トイレを常に持って歩いているのか。その場合、身を隠して携帯トイレを使う場所はあるのか。

そもそも、ＳＰのひとは、八時間はお手洗いに行かなくてすむような訓練を受けているのではないか。

疑問は、ふくらむばかりである。

六月某日　晴

お酒を飲みにゆく。

近所の、居酒屋さんである。

隣の男女が、しきりにおしゃべりをしている。

こっそり聞き耳をたてていた、その時の会話。

「あのさ、殺したい奴って、いね？」

「いるいる」

「おれさ、どうしてもそういう奴に、やさしくできないんだ」

「そうなんだ」

「おめ、やさしくできるの、殺したい奴に」

「できるよ」

「マジ」

「うん。そいつにやさしくしながら、どうやって殺すかを、いろいろ考えて楽し

むんだよ」

「たとえば」

「たとえば、鉢いっぱいのカメムシを飲ませて殺すとか」

「そんなんで、死ぬの」

「死ぬよ」

「マジ」

児童公園の小学生の会話の方が、なんだか好きだったなと思いながら、でも、その後男女がいろいろ述べあう「殺しかた」に、興味しんしんで聞き耳をたてる。

ちなみに、カメムシの次に感心したのは、「死ぬほど、さぬきうどんを食わせて、殺す」でした。

死なないと思うけど。

おかあさん、ニューヨークなの。

七月某日　晴

吉祥寺駅前の銀行に行く。

番号札を取り、ソファーに腰かけて待っていると、隣の女の人（推定六十代）が携帯電話のボタンを押し、誰かに電話をかけはじめた。

「あのね、おかあさんね」

女の人は言った。

「あのね、おかあさん、今ニューヨークにいるの」

ごく落ち着きはらったくちぶりである。

「なんだかこっちは、暑いわ。人も多いしね。英語を使うのは平気なんだけど、おかあさん、食べものがどうしてもねえ」

女の人は、小花柄の布のバッグを、膝にちょこんと置いている。バッグの上にひらりとのっている番号札の番号は、わたしよりも二つ前のものである。服装は、猫の刺しゅうのTシャツに、ゆるめのジーパン。

「しばらく、こっちに滞在するつもり。あ、ジョニーが呼んでるから、もう切るわね」

電話を切った女の人は、ちょうどその直後に番号を呼ばれ、何事もなかったふうな様子ですっと立ち上がり、窓口へと歩いて行った。

繰り返しますが、そこは確かに、東京は吉祥寺の銀行の待合室でした。

七月某日　晴

テニス、ウィンブルドンの、決勝を見る。

ナダルが、好きなのである。

どこが好きかというと、ボールを打つときにナダルが出すあの声、「アン」と「ウン」の、ちょうどまんなかくらいのかけ声が、好きなのである。

あの声、『千と千尋の神隠し』に出てくる「カオナシ」の声にそっくりだと、思いません？

七月某日　晴

とっても暑い日。

仕事で京都に行く。昼ごはんは、うどん。

おばあさんが一人でやっているお店で、冷房はほとんどきかず、大きな扇風機をまわしてしのいでいる。

食べているうちに汗がだらだら出てくるし、その前までもたくさん汗をかいたしで、塩分補給のため、ためらわず汁を全部のみほす。

のみほし終えた瞬間に、おばあさんが卓まですり寄ってきた。そして言うことには、

「おつゆを全部のんでもらうのが、何より嬉しいんですよ。ほんまに嬉しいんですよ。ああ、嬉しいですわ」

「嬉しい」を、おばあさんは少なくとも十回は、繰り返した。

汁をのみほして、これほど感謝されたのは、生まれて初めてのことである。

七月某日　晴

近所のおそば屋さんに行く。

ここは最近なぜだか、もりそばのつけ汁の量が、どんどん少なくなってきている。

お店には、常連らしき男の人がいて、店主と喋りあっている。

聞くともなく聞いていると、店主がこんなことを言うではないか。

「そばのつゆなんていうものは、ほんのぽっちりつけて一気にすすりこむ、それがそばの食いかたってもんだよ。それなのに、やたらたっぷりつける客が多くてさ。で、近ごろは、つゆを少なくしてんの」

思いなしか、店主はたいそう得意そうに、鼻までうごめかせている。

（けっっっっ）

お腹の中で叫ぶ。

（そばにたくさんつゆをつけようがつけまいが、客の勝手じゃないかいっっっ）

「それからねえ、つゆをそば湯で全部飲みきろうとするのも、あれだよねえ。塩分取りすぎじゃないのかねえ」

店主はつづける。

（けっっっっ）

（塩分取ろうが取るまいが、客の勝手だろっっっっ。京都のうどん屋のおばあさんの爪の垢《あか》でも煎じて飲みやがれ）

お腹の中は、大荒れである。

二度とこのそば屋には来るまいと誓いつつ、でも注文してしまったおそばはもったいないのでちゃんと全部食べつつ、結局表面上はずっとおとなしく黙ったまま、店を後にした気弱なわたくしでありました。

うふびたにさん。

八月某日　晴

句会に行く。

「トンボ獲《と》って放つのが好き女の子」

という句が好きだったので、○をつける。

涼しげなワンピースを着たおかっぱの女の子が、プラスチックの虫かごに一匹だけトンボをつかまえるのだけれど、家まで持って帰らずに途中で放してあげる、そんな光景を想像したのである。

句会が終わった後、作者に、

「いい句でしたね」

と言うと、作者はちょっと照れながら、

「兄のところの娘のことを詠んだんですよ」

と言う。

ますますほほえましい気持ちになっていると、作者、つづけて曰《いわ》く、

「あの子、虫かごいっぱいにぎゅうぎゅうにトンボをつかまえて帰ってきては、ベランダに仁王立ちになって、『さあ放してやるわよっ』と、女王のような口調でおごそかに言いながら十数匹のトンボを逃がすのが、大好きで。もう一日何回もつかまえてきては」

と。

自分の想像力の甘さを思い知らされる。

八月某日　晴

いつも頼んでいる宅配の野菜を、今週は休むことにする。

電話して、係の人にその旨伝える。

係の人は、たいそうていねいな言葉づかいの人なのだけれど、なんだか違和感がある。

しばらくして、その理由がわかる。

その人は、こちらの言うことに答える時に、

「かしこまいりました」

と言うのである。

そ、それはもしかして、

「かしこまりました」

の間違いでは。

と思うのだけれど、聞いているうちに、

「かしこまいりました」

の方が正しいように思えてくる。

世界じゅうの空気が、いっせいにずれてゆくような気分。

八月某日　晴

雑誌の星占いを読む。

今月の、わたしの運勢。

「開運には、明るい色のチークを。積極性が頬骨に宿ります」

そ、そんなところに宿られても。

八月某日　晴

昼食を食べてから、少し昼寝。

その時の夢に、

「うふびたにさん」

が出てくる。

顔も姿もまったく見えないのだけれど、漢字で「生美谷」と書くことだけは、夢の中でわかっている。

最近、珍しい名前コレクションをさぼっていることがうしろめたくて、こんな夢を見たのだろうか。

そして、「うふびたにさん」は果たして、この世に実在するのだろうか。

精神的ＤＶＤ。

九月某日　曇

近所の家電量販店にゆく。

いよいよ、デジなんとかという放送を見ることのできる、ひらべったいテレビを買うことにしたのである。

実はこの日のために、自分がどんな特徴のあるうすべったいテレビを望んでいるのか、思索に思索を重ねてきたのだ。おかげで、結論が出るまでに半年以上かかってしまった。

けれど、もう大丈夫。自分がいったい何を一番に望んでいるのか、思索の結果、はっきりとわかったからである。

量販店に入り、まっすぐにテレビ売り場へゆき、販売員のおにいさんに、はきはきと望む条件を述べる。

「あの、リモコンでもって首ふりのできるタイプのうすべったいテレビは、ありますか」

販売員は、店のいちばん奥、うすぐらくて人けの全然ない隅へと、案内した。

「これ一台だけですね、そのタイプは」

ひどくそっけない態度である。けれど臆することなく、そのタイプに決め、支払いをすませる。

九月某日　雨

昨日の家電量販店での買い物の反省会を、一人で開く。

ともかく販売員は、「鮮明な画像のテレビ」「三次元に見えるテレビ」「残像の少ないテレビ」を勧めに勧めたのだった。わたしが買おうとした首ふりタイプのものを、どうしても良しとせず、ひきずるようにわたしを店のまんなかに連れてゆき、これでもかこれでもかと、鮮明で三次元で残像の少ない種々のテレビを示すのだった。

やはり、それら、鮮明で三次元で残像の少ないタイプにすれば、よかったのだろうか。

と、反省しながら、買ってきた首ふりの奴の、首をふらせてみる。

かわいい。なんてかわいいんだ。

やっぱりテレビは、首を左右に静かにふってくれる、さして鮮明でもなく三次元でもなく残像もけっこうある奴に、かぎる。

反省会、完了。

九月某日　雨

買い物をしていたら、昔の知り合いにばったり会う。

喫茶店で、お茶を飲みつつ、よもやま話。

共通の友だちが、夫から虐げられているという話を、知り合いは教えてくれた。

「ああいうのを、精神的ＤＶＤっていうのよね。許せないわ」

知り合いは、憤然と言うのだった。

精神的ＤＶＤ？

九月某日　晴

また喫茶店に行く。

隣の席で、保険会社の人とその顧客らしき人が話し合っている。

保険会社の人の言葉。

「お客さまの保険は、今日の午後四時に切れます。そして、新しい保険は、今日の午後五時から有効となります。ですから、どうぞ午後四時から五時の間の一時間は、くれぐれもお気をつけて下さいませ」

その一時間の間に顧客のおじさんを襲うかもしれないあらゆる災害を、克明に想像して、青ざめる。

経費節減。

十月某日　晴

風の具合か、少し離れた小学校の運動会の音が、ものすごく明瞭に伝わってくる。午前中の最後の低学年リレーでは「白組佐藤さん」がごぼう抜きをしたこと。午後の最初に、父兄及び卒業生参加競技「ありじごく」があったこと。高学年リレーでは、黄色組と青組がデッドヒートをおこなったこと。騎馬戦は大将戦までもつれこんだこと。総合優勝は白組だったこと。最後に学校代表で挨拶をした六年生の女の子は、「校長先生、先生、お父さんお母さん、用務主事の先生、養護の先生、図書の先生、そして近所のみなさん」に、「運動会をもりたてて下さってありがとうございました」とお礼を言ったこと。

すべて克明に聞こえてくるので、結局いちにちじゅう仕事も家事も全部放棄して、じいっと聞き入ってしまった。

「近所のみなさん」には、聞き耳をたてていたわたしも入っているのだろうか。入っているといいなあ。

十月某日　雨

市役所のひとが、道路工事の説明のことで家に来るという電話がある。

しばらく待っていると、自転車に乗った二人の市役所職員がやってくる。

「いつも自転車なんですか」

と聞くと、

「五人そろった時は、車です。それより少ない人数の時には、経費節減のため、自転車なのです」

と教えてくれた。

十月某日　曇

加齢臭と古本の匂いは、同じ成分であると聞いて、びっくりする。

十月某日　晴

本棚のある部屋にいって、大きく息をすう。

これが加齢臭なんだ！

実は、加齢臭という言葉はよく耳にしていたのだけれど、実際に「加齢臭」というまがまがしい響きの匂いが、どんな匂いなのだか、知らなかったのである。

この匂いなら、まったく問題なし。むしろ加齢臭のある人の方が好きなんじゃないだろうか。

世間さまがあんなに加齢臭を忌むべきものとして攻撃することに、あらためて疑問を感じつつ、何回も大きく息をすう。

十月某日　雨

編集者のひとと、打ち合わせと食事。

喫茶店で話をしたあと、お店に向かう。

でも、迷う。

地図があるのに、そして二人とも地図を読むことのできるタイプなのに、どうしても行きつくことができない。

さんざん迷ったすえ、五回ほどその前を通り過ぎてしまった場所の奥に、その店があることがわかる。

でも、その店にたどりつくには、個人の家の庭を通り抜け、さらに小さな「月極駐車場」を抜け、最後は、どうみても袋小路としか思えない道のどんづまりの、体を横にしないとすり抜けられない細みをすり抜ける、というやりかたしか、絶対にありえないのだ。

店内に入ると、大いに繁盛していて人がいっぱいで、たまげる。隠れ家的な店、という雰囲気では全然なくて、そのへんのサラリーマンがわいわいやっている店である。

不可解なり。

必要性なし。

十一月某日　晴
歯医者さんで抜歯をする予定だったけれど、突然ひどい口内炎ができて、キャンセルに。

十一月某日　晴
郵便局のひとがくる。
「カワカミさんですよね。あの、お訊《たず》ねしたいことが」
郵便局のひとは一枚の葉書をさしだす。
知人からの葉書である。
宛先には、
○○市××3－8－23

とある。

けれど、○○に書かれている市は、今わたしが住んでいる市ではなく、その前の前に住んでいた市だし、××のところの町名は、一度も住んだことのない隣町の名前だし、番地ときたら、その前の前の前に住んでいたところの番地と、さらに一つ前に住んでいたところの番地が、まぜこぜになったものなのである。

「よ、よくこの住所でここに届けて下さいましたね」

驚いて言うと、郵便局のひとは深くうなずき、

「こうなったら突き止めてやると、逆にものすごい意欲がわきました」

と答えた。

郵便局のひとに感謝しながらも、差出人の知人はもしかして、あんまりしょっちゅう引っ越しをするのに業を煮やしてこんな宛先を葉書に書いたのだろうかと、つい先ごろ人生で十五回めの引っ越しをしたばかりのわたしは、おののくのでした。

十一月某日　晴

ようやく口内炎が治ったので、歯医者さんの予約を取り直す。そして今日がその当日なのだけれど、突然朝から咳《せき》がでて止まらなくなってしまう。予約をキャンセル。

十一月某日　曇

この前、首ふり式テレビを買いにいった家電量販店（一八八頁参照）に、パソコンを買いにゆく。

テレビの首ふり機能がとても具合がいいので、パソコンも首ふり機能のついたやつを選ぼうと思って、店員さんに訊ねる。

「そういう機能は、パソコンにはふつうありません」

店員さんは、にべもない。

「そ、それじゃあ、パソコンは必ず首がぎっちり固定されてるんですか」

「いいえ、手動でいくらでも動きます」

「それなら、リモコンで動くのだって、あるんじゃないですか」

「お客さま。お客さまはいったいなぜ、遠くからパソコンを動かす必要があるんですか」

そう問われて、うっと詰まる。

遠くからパソコンの首を振らせる必要のある人間。

それは、どんな人間なのか。

小説家の意地にかけても、そういう人間を造形してやると思いつつ、失敗し、すごすごと店を後にする。

もしもこれを読んでいる方で、「遠くからパソコンの首を振らせることの必然性」を何か思いついた方がいらしたら、ぜひご一報を。

十一月某日　雨

歯医者さんの予約の日。ところが、持病の顎関節症が朝からひどくなり、口をあけられなくなってしまう。

三回目の予約キャンセル。抜歯の神様の呪いか!?

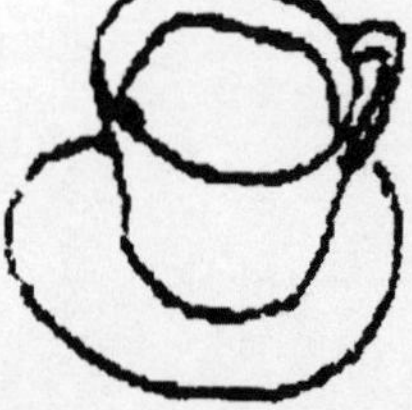

すべて空白。

十二月某日　晴

いよいよ師走である。

なにしろ師走なので、今月は幾つもの忘年会をはじめひどく忙しいはずだから、毎日手帳を見て予定を確認することを心に期す。

早速今日の予定を見る。

空白である。

ほんの少し動揺するが、そういう日もあると気を静め、昼寝。

十二月某日　晴

今日も手帳を確かめる。

予定がちゃんとあって、安心する。

「回覧板をまわす」。

予定通りとりおこなって、満足する。

昼寝十五分。仕事少し。

十二月某日　晴

今日の予定は、

「郵便局に行って市発行の記念切手（公会堂や市役所や市民運動場がデザインしてある八十円×十枚のシート）を予約する」。

予定通りとりおこなって、満足する。

昼寝一時間。仕事少し。

十二月某日　晴

今日の予定は、空白。

昼寝二時間。仕事少し。

十二月某日　晴

今日の予定も、空白。

どうにか昼寝しないようにがんばり、冷蔵庫の掃除をしようとこころみるも、途中で飽きて挫折。バニラアイスがはんぶん溶けてしまったので、全部食べてお腹いっぱいに。

やけになって昼寝三時間。仕事はせず。

十二月某日　晴

今日の予定も、空白。

いやな気持ちになって、『おれは鉄兵』全巻を一気読み。

途中で昼寝少し。悪夢を見て目覚める。

十二月某日　晴

今日の予定は、

「年末募金の回覧板をまわす」。

予定通りとりおこなって、満足。

したはずなのに、そこはかとなく、不安。

昼寝十五分。仕事ぽっちり。

十二月某日　晴

今日の予定は、空白。

明日からはもう手帳を見ないことにする。

昼寝二時間半。

十二月某日　晴

とにかく予定についてはいっさい考えないようにする。

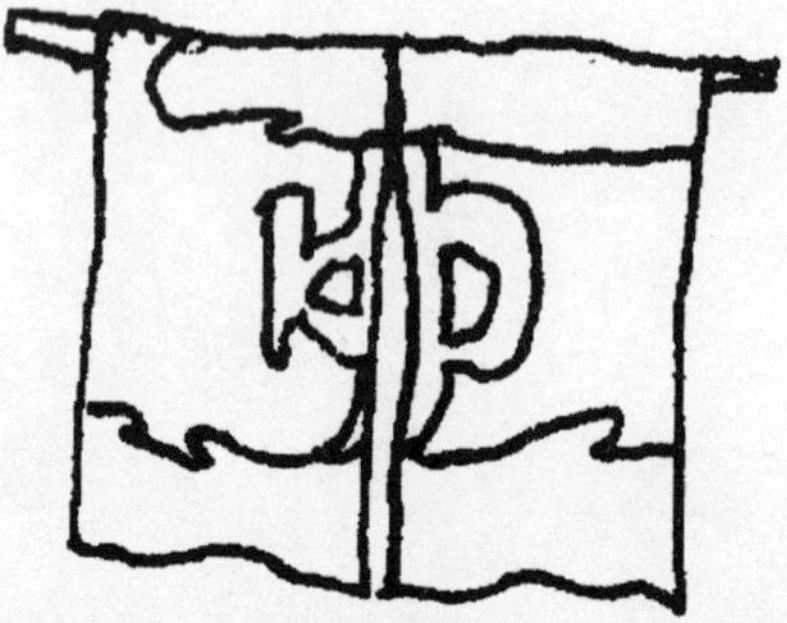

久しぶりに町に出てみる。師走のためか、道行く人たちはみんな華やいだ表情で、いそいそと歩きまわっている。何も買わず帰宅。

昼寝十五分。仕事ほんの少し。

十二月某日　晴

いよいよ明日は大晦日。

結局今月は、忘年会も友だちとのランチも飲み会も、何一つ予定がなかったことを直視しようと決意。

来年の目標。ただでさえ少ない友だちを、これ以上減らさないこと（もしかするともう友だちなんて、実際には一人もいないんじゃないかという事実は、さすがに直視できず）。

直視に疲れて、年賀状は欠礼することにする。ああ、これでまたきっと、友だちがますます減るのである（というか、一人もいないんじゃないかという事実は……以下省略）。

激しく後悔。

一月某日　晴

去年の暮に導入したパソコンの、ワープロソフトをどうにか使いこなさんと、苦闘。

まずフォントが決まらない。どんな明朝体をもってきても、なんだか不安定な気持ちにしかならないので、うまく文章が書けないのだ。さまざまに試みるも、決定できず。

疲れきって、ソリティアに逃避。

その後続けざまに百回ソリティアをやってさらに疲れ、激しく後悔。

一月某日　晴

またパソコンのワープロソフトに挑戦。

でも、挫折。

ソリティアに逃避。

百三十回やってしまって、激しく後悔。

一月某日　晴

もうワープロソフトはあきらめることにして、粛々とソリティアにはげむ。

七十五回やって止めることができて、ほっとする。やはりワープロソフトのことがストレスになっていて、ソリティアをやめることができなかったのだ。

一月某日　晴

ソリティア四十七回。

今までの総合勝率は、三十二パーセント。

もっと高い確率にしたくなって、カードのめくり方を「三枚ずつ」から「一枚ずつ」に変更する。

はりきって、ソリティアをあと六十五回。

勝率は、四十五パーセントまで上がる。

一月某日　晴

よく考えてみると、せっかく買ったパソコンなのに、今のところソリティアにしか使われていない。

これではいけないと、ネットで買い物をしてみる。サライネスの『誰も寝てはならぬ』の、今まで出ている十四巻全巻である。

大満足して、ソリティア三十回。

一月某日　曇

さらによく考えてみると、そもそもパソコンは、今使っているワードプロセッサー機をパソコンに移行しようとして購入したのだった。好きな漫画をネットで購入できたことに満足していては、だめなのである。

反省して、難しい本を読む。

すぐに眠くなって、居眠り。のち、ソリティア五十回。

一月某日　曇

このところの日々のだめさを反省して、真面目に原稿を書く。

ソリティアをいったん始めると、また中毒症状が出てしまうので、原稿を一枚書いたらソリティアを五回していいというルールをつくる。

ソリティアやりたさに、たくさん原稿を書く。

一月某日　晴

「『人間を知れば知るほど犬をすばらしいと思う』って、エリック・サティが言ってるよ」

と、突然こどもに言われる。

胸がどきどきする。わたしのソリティア中毒が、遠回しに非難されているのだろうか。

反省して、難しい本を読む。すぐに飽きて、今朝届いた『誰も寝てはならぬ』に読みふける。

だめになっているこの自分の生活態度を、パソコンのせいにしてはいけないことは、さすがのわたしにもわかっているのだけれど、なぜパソコンを購入してしまったのだろうと、激しく後悔。と同時に、ソリティアという易しいゲームがこんなにも恐ろしいものだったことに、激しく動揺。

すぽん。

二月某日　小雨

近所の公園を散歩する。

大きな池のある公園で、桜の時期には毎年花見の人たちで大にぎわいとなるけれど、今はひっそりとしている。

池に渡された橋は、改修工事中である。それにともなって、池のボート乗り場も一時閉鎖となっている。

手漕ぎのボートも、白鳥のボートも、静かに池にうかんでいる。おりから降ってきた小雨に、白鳥の頭がぬれている。ボートもぬれている。寒くて、静かで、空気ははりつめていて、大好きな冬の景色である。

二月某日　曇

静かにうかんでいる白鳥のボートをまた見にゆこうと、散歩にでかける。

遠くから近づいてゆくうちに、ボート乗り場の桟橋に、何かが横たえられているらしいことがわかる。

この前来た時にはなかった何かである。

なんだろう。

色は、白い。

二人のお兄さんが、楽しそうにそのもののまわりで動いている。

けっこう、大きい。

近づいていって、そのものが、白鳥ボートの首であることがわかる。

お兄さんたちは、白鳥の首を一本ずつ、ごしごしと洗っているのであった。

一羽ぶんを洗うと、次の一羽、そしてまた次の一羽と、どんどん洗ってゆく。

首は、すぽんとはずされ、またすぽんと戻されてゆく。

二月某日　晴

白鳥ボートのある公園に、また散歩に行く。白鳥たちは静かにうかんでいて、この前の首掃除のことなど、まったくなかったかのようだ。でもわたしは、決して忘れない。あの、すぽん、すぽん、を。

ソリティア断ち。

三月某日　晴

東北新幹線に乗って北関東へ行く。数日前から走りはじめた「はやぶさ」と、どこかですれ違わないか、どきどきしながらずっと車窓から外を見つづける。でも、いつまで待ってもすれ違わない。後で調べたら、「はやぶさ」は、朝早くと夜遅くにしか走っていないのでした。がっかり。

夜、温泉にたくさんつかる。

三月某日　雨

東北新幹線に乗って、東京に帰る。みやげは、餃子と納豆。帰宅して、夕飯に食べる。二回くらいにわけて食べようと思うも、おいしさに負けてすべて食べきる。その後、ソリティア二十回。一月からのソリティア熱、いまださめず。

三月某日　晴

大地震。久しぶりに、三日ほど続けてソリティアをしておらず、仕事にかかりきりになっていたけれど、「やっぱりソリティアをしないと、調子悪いし」と、仕事をいったんやめてソリティアを始めようとしていた、その刹那《せつな》の揺れである。次々にあきらかになる大惨事に、言葉、なし。この先、被災地がたちなおるまで、いっさいソリティアをしないことを決意。そんな決意、誰の助けにもならないことは知っているけれど、でも、でも、決意。

三月某日　晴

計画停電初日。

東京日記には、たくさんの妙なことを書いてきたけれど、「計画停電」などということについて書くことになろうとは、予想もしていなかった。

おむすびと、おみおつけを用意。おみおつけは、さめても大丈夫な「おふ」を具にする。おふのおみおつけを冷やして飲むのが、実はわたしのひそかな趣味なのである。冷たいおつゆが、おふからぴゅっと飛び出す、あの微妙な感じ。

三月某日　曇

昨日東京は、震災後はじめての雨が降った。放射性物質がたくさん混じった雨を、窓ごしにぼんやりと眺めていた。

今日は、落ちてきた放射性物質が、東京じゅうにふわふわ散っているはずだ。

今月のはじめに乗った新幹線は、まだ復旧していないのだなあ。訪ねた温泉宿は、無事かなあ。納豆もさっぱり見かけなくなったなあ。金町《かなまち》浄水場の水道水が、なんだかかわいそうだなあ、うとまれて。三鷹市は乳児のいる各家庭を訪ねてペットボトルの水を数本ずつ配っているのだなあ。それは、以前うちに来た、自転車に乗っている市役所のひとたち（一九三頁参照）の仕事なのかなあ。などと、とりとめもなく思いながら、今日もぼんやりと窓の外を眺める。

三月某日　晴

節電のために、掃除機を使わず、ほうきと雑巾でもって、掃除。これをわたしは「幸田文《こうだあや》ごっこ」と呼ぶ。

幸田文ごっこをする時には、漫然と掃除をしてはならない。雑巾がけの時に、きちっと雑巾をしぼりきっているか。隅から隅まで残さずふいているか。ほうきの使いかたは正しいか。幸田文になりかわったつもりで、自分をびしびし叱りながら、掃除をとりおこなうのである。

幸田文ごっこをすると、疲労のため、その後電気をすべて消して毛布にくるまり、居眠りをすることとなる。結果、さらに節電できることとなる。さすが、幸田文だ。

予想は、つきませんでした。

四月某日　晴

一年と八ヵ月連載していた新聞小説の、最後の一頁を、ようやく書き上げる。
少し踊ってから、ゆっくりとお風呂に入る。

四月某日　曇

連載の追い込みでしばらくしていなかった大掃除にかかる。
結果、ぎっくり腰になる。しつけないことをすると、てきめんである。

四月某日　晴

ということで、四日間、寝たきりに。
最初のうちは、寝返りをうつこともできなかったのだけれど、次第に「痛みの中心」がわかってくる。右腰の、てっぺんのあたりである。

寝返りや、お手洗いに行くために起き上がる時には、「てっぺん」のあたりに気持ちを集中させて、「てっぺん」の部分が、あたかも自分には存在しないように、その周囲のみの力を使って体をささえるようにする。いわば、「てっぺん無我の境地」とでもいうべき状態である。

それにしても、人生のこんなところで、こんな種類の「無我の境地」が必要となるなんて、ひとかけらも、予想できなかったです。

四月某日　曇

起き上がれるようになったので、ぎっくり腰経験者数名に電話をして、その後の対策を訊ねる。対策には、大きくわけて、どうやら二つの流派があるらしい。

ウィリアムズ体操派。

マッケンジー体操派。

その二大体操派閥が、ぎっくり腰治療法にはあり、それぞれの派の者は、決して相手を認めようとしないのである。

夕方まで、さまざまな人にさまざまな意見をこんこんと説かれ、ぐったり。腰、ふたたび痛みはじめる。

四月某日　雨

ウィリアムズとマッケンジーと、どちらを選ぶか、いまだに決められず。

三年ぶりくらいに、Q市に住む友だちに電話。

「元気だったー?」と聞くと、

「うん、元気。でも、ひょんなことから市会議員に立候補して、先週落ちちゃったばっかりだから、ちょっとだけしょんぼりしてる」

とのこと。

この前電話をした時は、旦那さんの浮気とお姑《しゅうとめ》さんとの確執について、めんめんと訴えていた友だちだった。どうしてもあたし、煮え切らなくて、不満や思

221　予想は、つきませんでした。

ったことをちゃんと口にできないのよねー。友だちはそう嘆いていた。そのひとが、
いつの間に、どうやって、市会議員候補に!?
驚きのあまり、腰、完全になおる。

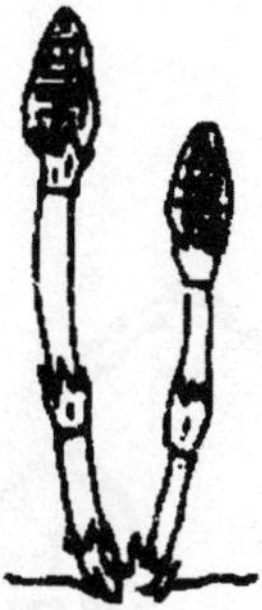

外国。

五月某日　雨

成田空港までバスに乗る。

外国に行く飛行機に乗るためである。

外国に行くのは、こわい。

なぜなら、そこでは日本語が通じないからである。おまけに外国には、日本でしょっちゅうわたしが行くような怪しい居酒屋もないらしい。そのうえ、逗留《とうりゅう》予定の一週間のあいだ、布団ではなくずっとホテルのベッドに寝なければならない。

こわいので、成田で飛行機を待っている間じゅう、まるくなってぎゅっと目をつぶっている。

五月某日　雨

十三時間で外国に到着するはずが、到着空港の上空をハリケーンが吹き荒れていて、着陸できない。ぐるぐるぐるぐる旋回したのち、三時間ほど行ったところの空港にいったん着陸し、給油し、ふたたび元の空港まで戻り、ぐるぐるぐるぐる旋回し、ようやく着陸したのは、成田を出てから約二十時間後であった。

でも、外国のこわさにくらべれば、ぐるぐる旋回するこわさなど、なんのことはない。

ホテルまでの乗合タクシーの中でも、まるくなってぎゅっと目をつぶっている。景色は見ず、運転をしている外国の人の声も、聞かないようにする。

五月某日　晴

こわい外国だけれど、仕事で来ているので、しかたなく目をあけてぶるぶる震えながら仕事をする。終わってから、みんなで食事。

「なぜそんなに目をつぶっているのですか」

と聞かれ、

「こわいからです」

と答えたが、日本語で答えたので、相手には意味がわからなかったもよう。

こわさをまぎらわすため、たくさんお酒を飲む。

五月某日　曇

まだこわいけれど、仕事。

終わってから、みんなで食事とお酒。

お酒を飲むと、急に外国の言葉を聞き取ったり喋ったりできるようになることがわかったので、またたくさんお酒を飲む。

五月某日　晴

昨日はようやくお酒のおかげで言葉が通じました、と、同行の日本の人に言ったら、

「カワカミさんって、ジェスチャーが上手なんですね。ことにお酒をたくさん飲ん

だ後では、動きがますますなめらかに」と。

　言葉が通じていたのではなく、すべて身振り手振りだったのである。

　仕事の後、みんなで食事とお酒。

　ところで、この数日間に入ったいくつかのお店は、よく観察してみると、メニューこそ外国語で書いてあるけれど、雰囲気や値段は、日本の怪しい居酒屋とほとんど変わりがないことに気づく。

　もしかして、外国は、そんなにこわいところではないのではないか!?

五月某日　晴

　ベッド問題も、結局大丈夫だった。中堅どころの手軽なホテルに滞在したためか、マットレスが硬く、畳の上に布団をしいて寝るのと体感に変わりがないのである。

　最後の仕事の後、安居酒屋でみんなで打ち上げ。

　外国、こわがってごめんよ、と胸の中で謝りながら、たくさんお酒を飲む。

五月某日　雨

でも、しらふに戻るとまだ少し外国はこわいので、空港までの車の中では、薄く目をつぶっている。窓に当たる雨の音を聞きながら、さよなら外国、次に来る時のために、ジェスチャーをさらにしっかり習得しておくよ、と、胸の中で誓う。

何もかもが、そっくり。

六月某日　雨

電車に乗る。

知り合いのK村さん（男性・三十二歳）にそっくりなこども（男の子・推定十歳）が、すぐ目の前の席に座っている。

顔立ち（いかつい）と、髪質（硬くてまっすぐ）がそっくりなだけでなく、少し裾の伸びたTシャツを着ているところも、足をひらいて座る姿勢も、うなじの日焼け具合も、何もかもがそっくりである。

男の子（推定十歳）は、ずっとマンガを読んでいる。そっとのぞきこむと、『ピューと吹く！ジャガー』の第三巻である。マンガの趣味もK村さんにそっくりなのであった。

六月某日　雨

K村さんに電話して、男の子（推定十歳）の親類がいないかどうか、訊ねる。

一人も、いないとのこと。

六月某日　曇

暑い。

暑さのためか、公園の池には、ボートが一艘《そう》しかうかんでいない。いつもはたくさんうかんでいる白鳥のボートではなく、昔ながらの手こぎボートである。

池の端ですれちがった、一団の女の子たちの会話。

「あれえ、あひるちゃんが出ていない。誰かあひるに乗ってあげればいいのに」

「ほんと、あひるちゃん、かわいそう」

「ほら、あひるちゃんたち、あんなにたくさん乗り場に並んでる。白いねー」

「あひるって、首、湾曲してるねえ」

首の長い、まつげも長い、白鳥そっくりの形の、あの優雅な脚こぎボート、あれは白鳥ではなく、実はあひるだったのか!?

六月某日　晴

知り合いのS野さん（女性・六十九歳）にそっくりなこども（女の子・推定八歳）と、道ですれちがう。

顔立ち（美人）と、髪質（硬そうなくせっ毛）がそっくりなだけでなく、はでなランニングを着ているところも、にらみつける目つきがものすごく鋭いところも、姿勢が悪いところも、何もかもそっくりである。

女の子は、やたらに大きな黒い犬を連れている。その犬も、S野さんの飼っている犬と、そっくりである。

六月某日　晴

S野さんに電話して、女の子（推定八歳）の親類がいないかどうか、訊ねる。

一人も、いないとのこと。

六月某日　晴

知り合いのF谷さん（男性・四十七歳）にそっくりなこども（男の子・推定五歳）と、道ですれちがう。

顔立ち（まのび）も、髪質（猫っ毛）も、ひょろりとした体つきも、気のよさそうな垂れ眉も、何もかもがそっくりである。

すぐにその場で、F谷さんに電話。でも、男の子（推定五歳）の親類はいないとのこと。

もしかして、このところしばしば会う、何もかもがそっくりな一連のこどもたちは、本人に無断でつくられたクローンなのでは。

と、思いつき、ものすごくどきどきする。

失恋。

七月某日　晴

お隣のアパートの、一階のベランダに、ふとんが干されている。

よく見ると、ふとんの上に、何かがある。

長くて、ふとい、それはイグアナなのであった。

ちょうど一時間、イグアナは、ふとんと共にひっそりと、日の光を浴びていた。

七月某日　晴

またイグアナが日に干されている。

声をまったくたてないだけでなく、まえあしも、うしろあしも、胴体も、顔も、微動だにしない。

もしかしたら、つくりもののイグアナではないかと疑ったが、よく見ると、目玉だけはかすかに動いている。

なんて、かわいいんだろう。

七月某日　晴

イグアナに近づくために、飼い主と顔見知りになろうと計画。

けれど道ですれちがった時に目礼しようとしても、ふいと横を向かれてしまう。

わたしのよこしまな計画を、見抜かれているのだろうか。

七月某日　晴

近所を散歩。

「困ります　放尿　ごみ捨て　アイドリング」

という看板を見つける。

困るタネのばらつき感が、奇妙に心に残る看板ではありました。

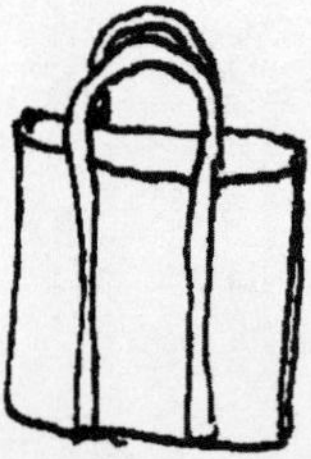

七月某日　晴

またイグアナが干されている。

か、かわいい。あんまりかわいいので、こっそり名前をつけることにする。

「アイドリング」。

今日からおまえは、わたしのアイドリングだよ、イグアナ。と思いながら歩いていると、飼い主と遭遇。あからさまに、避けられる。

七月某日　晴

朝からお隣がさわがしいと思っていたら、引っ越しをしている。

アイドリングの飼い主の部屋である。

午後には引っ越し完了。

よっぽどわたしの横恋慕がいやだったんだろうか。夜まで、さめざめと泣き暮らす。

七月某日　晴

ものすごく暑い日。午前中、公園を散歩。木陰にシートを敷いて座っている親子づれがいる。子供は、泣いており、父親の方は、泣いている子供に、何かをじゅんじゅんと言い聞かせている。

「だめだよ、あれは、夜に食べるものなんだから」

「だいいち、このへんじゃ手に入らないし」

「あきらめてくれ、とにかく！」

けれど、子供は泣きやまない。

「どうしても食べたいんだよ、えーん、えーん」

身も世もなく、子供はすすり泣いている。

この夏でいちばん気温の高い今日、公園に広げたシートのうえで、五歳ほどの子供がそんなに食べたいものとは、いったい何なのか。

好奇心いっぱいに聞き耳をたてていると、じきにそれは、あきらかになった。

まぐろの刺身、なのであった。

ボウタイつきブラウス（ピンク）。

八月某日　晴

電車の中で、お化粧をしている女の子を見かける。くちべにくらいなら、わたしもひけるだろうけれど、アイラインだけは絶対に無理だなあ。と思いながら、感心して、じいっと見つめる。ときおり、迷惑そうに見返されるけれど、どうしても見つめるのをやめられない。

八月某日　晴

電車の中で、お化粧をしているおばあさんを見かける。

下地クリーム、ファウンデーション、コンシーラー、まゆげ、アイライン、アイシャドウ、まつげ、ほおべに、パウダー、くちべにと、懇切丁寧に塗ったりはたいたりしてゆく。感心して、じいっと見つめる。ぜんぜん迷惑そうではなく、むしろ、見られていることを誇っているらしきもよう。

化粧道具が入っているのは、デパートの紙袋。服装は、ズボン（ベージュ）にボウタイつきブラウス（ピンク）、靴は茶色いウォーキングシューズ。

すべての行程を終えるのにかかった時間は、きっかり二十五分でした。

八月某日　晴のちにわか雨

夕方、友だちから電話。

よもやま話のあと、突然あらたまった口調で友だちは、

「トルコでは、アイスクリームだけでなく、ヨーグルトも、のびるんですよ」

と教えてくれた。

八月某日　晴

朝、かなぶんを仕事部屋のごみ箱の中で発見。ゆうべはいなかったのに。午後までほうっておいたけれど、ずっといるので、夕方、つまんで逃がしてやる。

八月某日　晴

また、かなぶんを仕事部屋のごみ箱の中で発見。つまんで逃がす。

八月某日　晴

またまた、かなぶんを仕事部屋のごみ箱の中で発見。

ごみ箱の中には、かなぶんの好きそうなものなど、何もないのに。

おまけに、網戸はしっかりしまっていて、入りこむ隙間はないはずなのに。かなぶん界とつながっているごみ箱なのだろうか。つまんで逃がしながら、

「もう二度と来ないで下さい」

と祈る。

八月某日　晴

かなぶん界に祈りが通じたのか、今朝はかなぶんの姿はない。
午後、猛然と仕事。合間に、かなぶんのことを思う。

八月某日　晴のちにわか雨

かなぶんの姿、なし。
さみしいので、庭の草むしりをする。庭にも、かなぶんの姿、なし。
「悪なすび」という雑草を、たくさん抜く。

コウモリに注意。

九月某日　晴

また、外国に行く。

五月の外国行きでは、恐怖におののくあまり、ろくに何も見ずに終わったので、今回はせっせと成田空港じゅうを見て歩く。

シャネル。ブルガリ。カルティエ。などの、「東京日記」とはまず関係のないお店にはさまれた、ひっそりと人けのない空間を見つける。「海外感染症情報」と「大丈夫？　税関を通る？　情報」のブースである。

感染症情報のところでは、

「アジアであったこんな話・オオコウモリのウイルスが豚を経て人に感染し、脳炎で死亡（ニパウイルス感染症）」

「オーストラリアであったこんな話・コウモリ由来の感染により死亡者発生（リッ

サウイルス感染症）」
「北アメリカであったこんな話・コウモリに噛まれて死亡（狂犬病）」
「日本であったこんな話・海外でコウモリに噛まれて感染した人が、日本に帰国して発症後、死亡（狂犬病）」
などの事実を学ぶ。
コウモリには近づかないことを、強く心に期す。
「大丈夫？　税関を通る？」のところでは、
ニシキヘビの革を使った楽器
海ガメのギター
象牙でつくったお相撲さんの像（しこを踏んでいる）
などが、税関を通らないことを学ぶ。
楽器とお相撲さんには注意することを、強く心に期す。

九月某日　晴

外国で仕事をしたあと、打ち上げ。

外国の打ち上げとは、いったいどんなものなのだろうかと、どきどきして待つ。鶏《とり》のから揚げとピザと野菜サラダの大皿、ビールのピッチャー、ワイン赤白、そして水のピッチャーが、長テーブルに置いてあり、お酒をついだりつがれたり、手をのばしてから揚げやサラダやピザを取り皿に取ったり、隣の人と世間話をしたり、席をいれかわって入り乱れたり、する。

日本の打ち上げとまったく変わりないかもしれないことは、この前の外国での経験から予想はしていたけれど、これほど変わりがないとは。

最後は、酔っぱらって、仕事相手のアイルランド生まれフロリダ在住の小説家とハグして別れを惜しむ。双方酔っぱらっているので、別れを惜しみつつも、いったい何を惜しんでいるのか、互いにはんぶん不明。これも、日本とまったく変わりなし。

九月某日　曇

外国での仕事の合間の、休み日。

外国は日本とほとんど同じだという確信を得たので、自信をもって町に繰り出す。

自信をもってお店に入り、自信をもって食べものの注文をする。

まったく、通じない。

九月某日　晴

ふたたび外国と日本との差異についての自信をなくしつつ、町を歩く。

海沿いの道で、知り合いとばったり会う。

日本の、世田谷に住んでいる、ここ三年ほど会っていなかった知り合いである。

日本でよりも簡単に知り合いに会えるなんて、やはり外国は日本なのだという確信を、あらためて得る。

九月某日　曇

まちがったその確信を得たまま、外国滞在の最終日を迎える。ニシキヘビ革製の楽器とコウモリを持ち帰らないよう注意を払いつつ、外国を後にする。機内食のサンドイッチがおいしかったので、半分残してこっそりかばんに隠す。

夜、家でサンドイッチの半分を食べる。外国の匂いがする。ホームシックで（なぜなら外国は日本なのだから）、少し泣く。

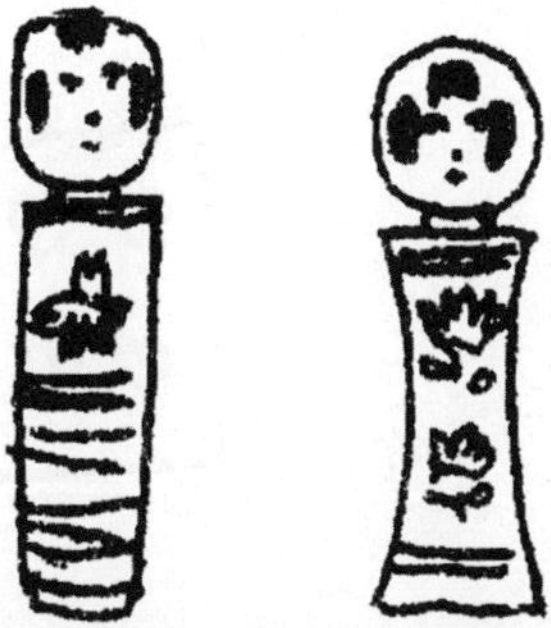

部長。

十月某日　晴

電車に乗る。知り合いを見つける。

混んだ電車の中の、同じ車両の、少し離れたところに、彼女は立っている。片手にかばんを提げ、もう片手で文庫本を目の高さにかかげ、熱心に読みふけっている。文庫本には、高価そうな黒革のカヴァーがかかり、手入れのゆき届いた彼女の髪が、ときおり文庫本にはらりとおちかかる。そのたびに彼女は優雅に首をもたげて、ページから髪をすべらせる。

話しかけようと、駅で人がおりるたびに、じりじりと近づいてゆく。いったいあんなに優雅な様子で、何を読んでいるのだろう。日本の小説だろうか。昔から海外文学の好きな彼女だったから、もしかすると、光文社の海外文学シリーズかも。いや、意表をついて、ここは詩集か。

大いに期待しながら、寄ってゆく。うしろからそっと、柔らかな黒革カヴァーの本のなかみをのぞきこむ。

『部長 島耕作』、であった。

気持ちの整理をつけられず、じりじりと知り合いから遠ざかる。

十月某日 曇

久しぶりにイヤリングをする。

片方を、なくす。

十月某日 雨

なくなったイヤリングがしまってあったひきだしに、見覚えのまったくない金色のピアスの片方が、置いてある。

化けたのか!?

十月某日　曇

テレビニュースを見る。

野田総理にインタビューをしている記者の携帯電話に、科学忍者隊ガッチャマンのジョーのストラップがついているのを、発見。

十月某日　晴

友だちから電話。

息子の話をしてくれる。

彼の通っている大学には、「微生物の巣穴の研究の、日本一の権威」の先輩がいるとのこと。

「微生物の巣穴って、どんなところにあるの」

と聞くと、友だちはしばらく考えてから、

「海とか？」

と答えた。

（海とか？）
心の中で、そっと繰り返す。

十月某日　晴
ひきだしの中にあった、まったく見覚えのないピアスが、消えている。
化けたのちに、ふたたび失踪したのか!?

虫のいろいろ。

十一月某日　晴

先月までは、まだほんの少しだけ夏の名残があったのだけれど、十一月になり、さすがに秋も深まってきている。

川沿いを、散歩。

帰ってからうがいをしようと洗面所の鏡の前に立つと、頬に何か黒っぽいものがくっついている。よく見ようと鏡に近づくと、それは、一匹の蚊であった。ほっぺたを、刺そうとして、けれどそのまま力つきてしまったらしい。

「死んでますか」

と、小さな声で聞いてみたが、返事はない。

指先で、かすかにふれてみるが、固まったまま動かない。

ふん、と、ほっぺたをふくらませたら、蚊は、白い洗面台にぱらっと落ち、そのまま水に流されていった。

十一月某日　晴

夜中、ふと目覚める。

手元灯をつけると、壁に何かがいる。

ごきぶりである。

小さく叫ぶと、ごきぶりは少し動いた。けれど、その動きはとてもにぶい。

こわごわティッシュでつかむと、かんたんにとれた。

ほんとうに秋は深まっているのであるなあと嘆息しながら、静かにごきぶり入りティッシュを、台所のごみ箱に捨てにゆく。

十一月某日　雨

居酒屋に行く。

鯛《たい》の頭の焼いたのを食べる。

こまかな骨がいっぱいだけれど、おいしいので、しゃぶりつくす。

同席のひとに、

「カワカミさんのしゃぶった骨、いいつやが出てますね」

と言われる。

十一月某日　晴

電車に乗る。

名門女子小学校の女の子たちが、乗ってくる。学校帰りらしい。

どの女の子も、大きな紙袋を持っている。

グッチ。エルメス。セリーヌ。シャネル。

それぞれの袋の中には、プラスチックの虫かごが入れられており、各虫かごには、一匹ずつカマキリが入っている。女の子たちは、高級紙袋から、ときおり虫かごを出しては、それぞれのカマキリをじいっと眺めている。

「そっちの茶色いの、死んでるんじゃないの」

「そっちこそ、体おっきいけど、弱そう」

小さな声で、女の子たちは言い合う。カマキリは、どれも固まったように、じっとしている。しばらく言い合うと、女の子たちは飽きたのか、カマキリをそれぞれのグッチ・エルメス・セリーヌ・シャネルに戻した。カマキリは、どれも最後まで、動かずに固まっていた。

不良になりました。

十二月某日　晴

右まぶたが、腫れてくる。

ほうっておけば、きっと治るに違いないと思い、ほうっておく。

十二月某日　曇

でも、ぜんぜん治らない。

最初はただ右まぶたの上が小さく赤くふくれていただけのものが、次第に汁けのありそうな巨大なものになってくる。直径は、五ミリほどに。

十二月某日　雨

ついに意を決して皮膚科に行く。

「ああ、これは、皮膚の腺がつまって、なかみが膿《う》んじゃったんですね。切りますか」

先生は、にこにこしながら言う。

「切るって、麻酔とか、するんですか」

聞くと、先生はさらににこにこしながら、

「しませんよ」

と答える。

「今ここで、ちゃちゃちゃっと、これで」

とがった銀色のものを差し出す。

「こ、怖くないですか」

びくびくしながら訊ねると、先生はにこやかに、

「ぼくは、怖くないです」

と答えた。

ちゃちゃっ、と、切ってもらって、ちゃちゃっ、と、血膿《ちうみ》を出してもらう。

とっても、怖かったです。

十二月某日　晴

麻酔なしでまぶたを切ってもらった怖さが、記憶の中で、次第に美しい思い出となってゆく。

もっと、麻酔なしで何かをしてもらいたい気分が、どんどんふくれあがる。

衝動的にまた皮膚科に行き、ピアスの穴をあける。

「膿むかもしれませんから、毎日シャワーを耳にいっぱい当てるように」

と、お医者さんから言われ、喜びは頂点に。

十二月某日　曇

こどもに、ピアスの穴を自慢する。

こどもは、じいっと穴を見つめたあと、小さな声で、

「かあさん、不良になったんだ」

と、つぶやいた。

旅のやくそく。

一月某日　曇

新幹線に乗って、大阪に行く。

「ただいま七号車お手洗いに、コルセットの落とし物がありました。心当たりのかたは、車掌までお知らせください」

という車内放送が名古屋の直前でかかり、車内がこおりつく。

一月某日　晴

大阪の、黒門《くろもん》市場に行く。

うどん屋に入る。

そこのうどん屋で、お客のおじいさんが店主にこぼしていた話。

「背が高くなるとお嫁に行けないって言って、娘は孫娘の食事制限をするんだ」

「その孫娘は、いつもウエットティッシュを持って歩ってて、何もかもを拭きまくるんだ」

「そのうえ孫娘は、するめ焼くのが趣味なんだ。なんでするめなんだろ」

一月某日　晴

引っ越してからはじめてぜんそくになる。

そういえば、このところ予防薬を飲んでいなかったと思いながら、近くのはじめての医院に行ってみる。

「ああ、これはぜんそくですねえ。けっこうひどいですねえ。予防薬、一生飲まなきゃだめですよ」

と言われる。

「い、一生ですか。それはなんだか、いやです」

と答えると、先生は目をかっと見開き、

「大人のひどいぜんそく発作は、ミゼラブルですよう」

と、世にも恐ろしい声で言うのであった。

一月某日　曇

ぜんそくの予防薬を毎日、飲む。

飲むたびに、心の中で、

「ミゼラブルですよう」と、となえる。

一月某日　晴

九州に出発。

羽田空港でお昼を食べていると、呼び出し放送がかかる。

ぼんやり聞いていたら、呼び出されている人の名前は、わたしの初恋の人と同姓同名である。ものすごく珍しい名字なので、本人である確率は、高い。

もう三十年も会っていない人なので、とても会いたい。

でも、食べはじめたばかりの「牛肉のフォー」をうっちゃって行くのは惜しい。

結局、食欲が、初恋の人会いたさに勝つ。汁の最後まで飲みきって、満足する。

一月某日　曇

九州から帰ってくる。羽田空港で、旅の母子づれとすれちがう。
子供二人は、母親が作ったとおぼしき「旅のしおり」を持っている。
表紙に大きく書いてあった「旅の三つのやくそく」。

1、けんかをしない
2、おかあさんの言うことをきく
3、へんな動物をひろわない

古い友だち。

二月某日　晴

とっても寒い日。
天気予報を見ていたら、
「今日は日中も、冷蔵庫の中にいるように寒いです」
と、おねえさんが言っている。
外に出て、しばらく冷蔵庫の中の肉（たぶん、鶏のモモ）の気持ちになってみる。
静かで、あかるくて、少しさみしい、気持ち。

二月某日　晴

古い男の友だちから、久しぶりに電話がかかってくる。

「あのさ、しらがのひげって、のびる速度が、黒いひげより速いんだぜ」

友だちは自慢をし、それからそそくさと電話をきった。

二月某日　曇

また、古い男の友だちから、電話がかかってくる。

「あのさ、密教の真言に、『うんたらかんたら』っていうのがあるんだけどさ、それってふだんよく使う『なんちゃらかんちゃら』って言い方と、関係あるのかな。そうだとしたら、これって、おれの大発見なんじゃん？」

友だちは自慢をし、それからそそくさと電話をきった。

二月某日　曇

またまた、古い男の友だちから、電話。

「おれさ、ツマに内緒で好きなパン買ってきて、ツマにはわけずにこっそり一人で全部食べる、っていうことを近頃三回もやっちゃったんだけど、それって、ツマへの裏切りかな、どう思う？」

答えずに、そそくさと電話をきる。たいがいに、してほしいです、まったく。

二月某日　晴

古い女の友だち四人で、ランチ。

中学校時代からの友だちである。当時はいつも、お手洗いには一緒に行き、交換日記もし、帰りはつねに一緒に帰ったものだった。

休日になれば街に遊びにゆき、おそろいの消しゴムや、おそろいの手袋や、おそろいのノートを買いもとめ、同じフレーバーのソフトクリーム（チョコバニラ）を食べたものだった。

ランチの注文をする。エビフライと、ハヤシライスと、白身魚の蒸したのと、ケーキ三個（主食）を、それぞれが注文。

デザートは、プリンと、ティラミスと、洋梨のムースと、全部のケーキひときれずつを、それぞれが注文。

食事が終わってから、デパートをぶらぶら。立ち止まるお店は、全員、まったくばらばら。あまりにばらばらなので、「一時間後にエスカレーター前に集合」と決めて、散る。

集合時間にきちんと来たのは、二人。あとの二人からは、

「先帰ります。年で、疲れたわ」

「もっとじっくり買い物したいので、デパートのはしごをすることにしました。ではまた」

というメールがきていた。

いったい、このばらばらな四人が、なぜ学生時代はあんなに同じ嗜好《しこう》を発揮していたのか。どう考えても、謎である。

リムジンくん。

三月某日　晴

ずっと気にかかっていることがある。

やどかりの殻についてである。

野生のやどかりは、成長に応じた貝殻を手に入れる場合、たぶん拾ったり、よそのやどかりの殻をぶんどったりしているにちがいない。

けれど、飼われているやどかりは、どうやって新しい殻を手に入れるんだろう。

飼い主が見つくろって水辺で拾ってくるんだろうか。それとも、飼い主どうしが集まって、自分のところのやどかりがいらなくなった貝殻を交換する会かなにかがあるんだろうか。

長年の疑問を、今日こそ解決しようと、思いきってネットを検索する。

「やどかり屋」というお店のサイトがあるので、見る。

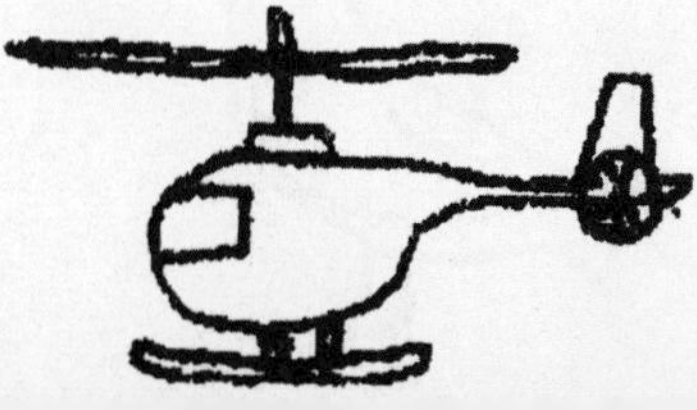

なんと、「やどかり屋」では、「引越用貝殻」つきで、やどかりを売っているではないか。さらに「店長が飼育中のヤドカリには貝殻にニックネームがあります」とあり、

プラチナくん（プラチナ色に輝く貝殻）

早乙女《さおとめ》さん（まっしろに薄紅の線の入った楚々《そそ》とした貝殻）

リムジンくん（長い）

ひなりん（ころんとしている）

などの貝殻が、美しい写真で紹介されている。

「ヤドカリのニックネームに困ったらどんどんお使いくださいね！」とのこと。

飼うんなら、リムジンくんだな。心の中で決め、静かにパソコンのスイッチをきる。

三月某日　晴

新幹線の待合室で、携帯電話をかけている中年男性が話していたこと。

「わたくしどもが提供する、一粒の水の中には、約一万から十万の水素が入っているのです。その水素が体の中の活性酸素をとりのぞくのです。そもそもわたくしどもの水は、海綿から作ったものなのです。アンチエイジングにも、病気の予防にも、精神活性化にも、もってこいなのです。その効果は、一時間も持続します。この世界は海綿に救われるのでございます」

仕立てのいいコートを着た、眉のりりしい中年男性である。でも言っていることは、どこからつっこんでいいのかわからないくらい、めちゃくちゃである。

途方にくれて、つい男性をじろじろ見ていたら、男性は「おほん」と咳払いをし、電話相手と話をつつがなく続けるために、わたしにじろじろ見られない待合室の外へと出ていった。

正直なところ、男性の話のあまりのめちゃくちゃさに、「わたくしどもが提供する一粒の水」を、ものすごく手に入れたくなってきたところだったので、ほっとする。

三月某日　雨

とても風の強い日。

NHKのニュースを見ていたら、Tアナウンサーが、

「もうれつによる風の被害は……」

と言っている。

去年の震災の時に出ずっぱりだった、とても頼りになる沈着冷静なTアナウンサーは、震災が起こった直後の数日間も、言いよどんだり間違えたりあせったりする様子がまったくなかったのに、ここにきて、

「もうれつによる……」

である。

あわてて言いなおすこともなく、何事もなかったようにニュースを読み続けるTアナに、さらにしびれたわたしなのであった。

ノンノン。

四月某日　晴

美容院に行って、前髪を切る。

前髪をつくるのは、久しぶりである。

はなやいだ気持ちになって家のそばを歩いていたら、知人に会う。

「おっ、前髪が」

と言われ、ますます自慢な気持ちになる。

「その前髪、ムーミンに出てくるノンノンですね」

知人は続けた。

ノンノン？　あの、世にも浮き上がっている前髪の、あのひと？

がっくりきて、そそくさと家に帰り、ふとんにもぐりこむ。

すぐにでも前髪をなくしたくなるが、後の祭である。

四月某日　晴

前髪のことが気にかかりつつ、新刊のインタビューを受ける。

後日、そのインタビューの載った誌面を見た友だちから、電話。

「なんか、顔がむくんでない？　病気？　心配だよ」

ぜんぜん病気ではないし、顔のむくみも、五十歳過ぎてからはいつものことである。

すると、知人の言った「ノンノンのよう」というのは、もしかして前髪が似合っていないことをさしたのではなく、顔ぜんたいがムーミン一族のようにぽってりとふくらんでいることを言っていたのだろうか。さらに鑑みるに、前髪は、そのぽってり感を強調しているのだろうか。

すぐにでも前髪をなくしたくなるが、後の祭である。

四月某日　曇

ずっと前髪と顔のぽってりについて考えるも、すでにぽってりしてしまっていることと、すでに前髪があることは、どうやっても中止できないという結論に達する。ということで、これからは、ぽってりも前髪も気にしないことを決意。心がたいそう軽くなり、前髪を強調する髪かざりなどを購入。

四月某日　雨

前髪にふりまわされた月の前半を反省し、粛々と仕事。静かな雨の降る中、いつもの三倍くらいの量の原稿を書く。終わってからワープロのフロッピーに保存し、画面の文字は消去。その後、保存ができていなかったことに気づく。青ざめ、前髪をかきむしる。かきむしると、ほんの少しだけ気が晴れる。前髪をつくっておいてよかったと、安堵《あんど》。こういうのをもしかして「マッチポンプ」って言うのだろうか、と心の隅で思いつつ、かきむしる。雨はしめやかに降りつづく。

声援をおくる。

五月某日　晴

立夏。今日から、暦の上では夏に。

家の中を歩いていると、しばらく掃除していない床に、ほんわりとした綿ぼこりが落ちている。

拾って、しげしげと眺める。白くて、まるくて、かわいい。

そういえば、春のほこりのことを、季語では「春ぼこり」というのだった。とすれば、昨日まで「春ぼこり」だったこの綿ぼこりは、今日からは突然「夏ぼこり」になるのだろうか。

一日で名前が変わっちゃったね、おまえ、と言いながら、まるくて白くてかわいい綿ぼこりを、てのひらの上でひらひらところがす。

五月某日　雨

また、前髪をつくった新しい髪形についての感想を得る。

曰く、

「キャンディ・キャンディが大きくなったみたいにかわいいですよ」。

そのかわいさは、五十代の女としては明らかに間違ったかわいさである上に、

「そのまま大きくなったキャンディ・キャンディ」

は、ものすごく不気味である。

頭をかかえる。でもやはり、つくってしまった前髪はもうなくすことはできない。

五月某日　曇

友だちの小学生の息子と、話をする。

しばらくよもやま話をした後、好きな子とか、いるの？　と聞くと、友だちの息子は、ため息をついた。

いるんです。

告ったり、するの？

しません。

しないんだ？

はい。つきあうと、しばられちゃうからです。

小学四年生、まだ一回も女の子とつきあったことはない男の子である。しごく真面目に、真摯に、答えてくれました。

五月某日　曇

代官山に行く。

細い裏道を歩く。

横を通り過ぎていった七台の車のうち、六台がベンツである。

一台だけ、いすゞエルフが通る。エルフがんばれ、と、心の中で声援をおくる。

五月某日　晴

テレビで男子バレーを見る。

選手の全員が、誰かに似ている。その誰かとは、長谷川博己《ひろき》と、渡部《わたべ》篤郎《あつろう》と、内野聖陽《せいよう》と、井ノ原快彦《よしひこ》と、猫ひろしと、平野啓一郎である。

中で唯一実際に会ったことのある平野啓一郎（に似た選手）に、ことに熱い声援をおくってみる。

すてきなにせもの、あります。

六月某日　晴

友だち三人と一緒に、韓国に行く。生まれてはじめての韓国である。そして、生まれてはじめてのツアー旅行である。

ツアーといっても、終日フリープランなので、ツアーコンダクターなどはいないが、着いた日にホテルまでの道筋で免税店に寄ることが義務づけられているらしく、迎えの車が空港まで来て、わたしたち四人を乗せてゆく。

三十分ほどで、免税店に着く。空港以外の免税店に入るのも、生まれてはじめてのことである。わくわくしながら歩きまわっていたら、「毒蛇の毒入り保湿パック」というものを見つける。ためらわず、購入。

六月某日　曇

韓国滞在も、三日めである。

南大門《ナムデムン》市場に行く。たくさんの、にせブランドものを売っている。

店員のおにいさんたちは、さまざまな呼びこみの口上を、日本語で述べてくれる。

曰く、

「にせものはいりませんか」

「すてきなにせものあります」

「各社のにせものがあります」

「にせものしかありません。かんぺきです」

「ぜんぶにせものです。ぼくだけほんものです」

洗練され練り上げられた呼びこみに、感動。「にせもの」ではないごく普通の千円のブラウスを一枚購入。にせものは、残念ながら、勇気がなくて買えませんでした。

六月某日　雨

帰国。帰りの空港リムジンバスの中で、にせものの呼びこみのおにいさんたちの顔を思い返す。南大門の市場の小さなお店で食べた大根キムチの味も。入り口に座っていた店のおじいさんが、ものすごくむっつりしていたことも。

明日、起きたら、『現代韓国短編集』の上巻を読もう、それから、金芝河《キムジハ》の詩も、と思いながら、バスの振動で、うとうとする。

六月某日　雨

知人の思い出ばなしを、聞く。

下の娘さんが高校生だったころ、補導された話である。

渋谷のハチ公前で、お姉さんと二人で煙草を吸っていて、巡回の警官に補導されたのである。お姉さんは成人していたが、下の娘さんはまだ十七歳だったので、知人が呼び出された由。

「それでね、補導もショックだったけど、もっとショックだったのはね」

知人はため息をつきながら、続けた。

「お姉ちゃんの方はマルボロライト吸ってたんだけど、妹の方はハイライト吸ってたことなのよ」

に、苦みばしった女子高生ですね。

「そうなのよ、でね、成人してからもね、ずっとハイライト。ひとすじなの」

今は二十代なかば、ものすごくおしゃれな娘さんだそうです。

ウナギイヌ。

七月某日　晴

編集者のひとと二人で、食事にゆく。

向かい合って座る。

スープが出る。

交互に喋りつつ、相手が喋っている時をみはからって、少しずつスープを口にはこぶ。

容積の大きなお皿なのに、とても薄くて小さなスプーンなので、なかなか減らない。

そのうえ、比較的無口ですぐにぷつんと言葉の途切れてしまう二人なので、ますますスープははかどらない。

と、思って相手のスープ皿を見ると、突然、ものすごく減っている。たしかわた

しは、

「あの、ですから来年の春くらいからその仕事を」

「まだ構想などはたっていないのですが」

「そういえば、だいぶ暑くなりましたね」

という内容のことを、ほぼこの言葉通りに、三回にわけて喋っただけである。

わたしのスープは、二ミリくらいしか減っていないのに、相手のスープ皿はほとんど空である。

いったいどうやってこんなに素早く？

もしかして、わたしが一瞬うつむいた隙に、この大きなスープ皿を両手で持ち上げ、直接口にもっていって、ずずっと吸ったのか？

七月某日　晴

電車のホームにぼんやり立っていたら、おじさんが隣にやってくる。

しばらくすると、女子高生もやってくる。

おじさんが、女子高生に話しかける。

「あのさ、まちがえてジュース買っちゃったんだよ。いらない？」

おじさんは、バヤリースオレンジのペットボトルを鞄《かばん》から取り出し、女子高生につきつけた。

女子高生は、ふるふる首をふり、

「いいですっ、いいですっ」

と、大きな声で断る。

しばらくおじさんはがっかりしたような顔をしていたが、やがてやってきた男子高生の方に歩いてゆき、

「あのさ、まちがえて買っちゃったんだけどさ……」

と、始めた。

男子高生にも断られたおじさんは、またしばらくホームを見回していたが、やがてそっとバヤリースオレンジを鞄の中にしまった。わたしにもつきつけてくれるかもしれないと期待していたけれど、来てくれなかった。

ジュースは、高校生に。これが、おじさんの鉄則なんですね、きっと。

七月某日　晴

知人が、足に包帯を巻いているので、

「どうしたんですか？」

と聞いたら、

「下駄《げた》骨折です」

と言う。

下駄をはいて骨折すると、足の甲の骨が折れるので、その名がついたとのこと。

ちなみに、知人は骨折時、下駄ははいていなかった由。

七月某日　晴

土用の丑《うし》の日。

友だちが出してくれた、赤塚不二夫のウナギイヌの葉書（片面にウナギイヌがくっきりと印刷してあり、葉書ぜんたいがウナギイヌのかたちをしている）が、午後に届く。

「今年はウナギが高いので、これでかわりにして下さい」と書いてある。

夕方まで、ぼんやりとウナギイヌの葉書を見つめる。

ウナ・セラ・ディ東京。

八月某日　晴

草むしりをする。

とたんに蚊がわっと寄ってくる。

腕を見ると、五センチ間隔に、六匹が縦に並んで、血を吸っている。

足を見ると、こちらも五センチ間隔に、八匹が縦に並んで、血を吸っている。

どちらもきれいにまっすぐ縦並びしているのは、このあたりの蚊の取り決めなのだろうか。

蚊が去ったのち、すぐさま腫れてきて、赤い規則的な縦並びの水玉模様のある手足となる。

八月某日　晴

たくさんの短い悪夢をみる。

おぼれている夢。

落ちてゆく夢。

踏まれている夢。

追われている夢。

沈んでゆく夢。

どの夢のバックにも、ザ・ピーナッツの「ウナ・セラ・ディ東京」が高らかに流れている。

ザ・ピーナッツのユニゾンとデュエットの美しさにしびれつつ、おぼれ・落ち・踏まれ・追われ・沈んでゆく自分を、少し高いところから見ているもう一人の自分がいて、その自分も、「ウナ・セラ・ディ東京」をしびれながら聞いている。

八月某日　晴

二日酔い。

手帳を開くと、なぐり書きがしてある。

「きれいで
みくだせる
お母さん」

いつぞや、見知らぬお坊さんたちと一緒に飲んだ翌朝、手帳に「夜の法事」と書いてあったあの時(『東京日記1+2』一九五頁参照)以来の、意味不明な書きつけである。

きれいでみくだせるお母さん。そういう人とは、できれば知り合いに、なりたくないです。

八月某日　晴

お酒を飲む。

中の一人の男のひとと、ちょっと対立する。

まわりのみんなは、おしゃべりを続けるふりをしつつ、どうやら耳をすましているらしい。ほんの少しの緊張した雰囲気と、興味しんしん、という雰囲気が混じり合った、ともかくお酒くさい雰囲気。

対立はなかなか終わらない。

そのうち男のひとが、

「俺たちさあ、できてないのに、痴《ち》話《わ》喧嘩《げんか》してない？」

と、ぼそっと言う。

我に返り、すぐに対立をやめる。

失われた「びびんこ」。

九月某日　晴

散歩をしていると、前から女の人が歩いてくる。

何かを、頭に巻きつけている。

その何かは、茶色くて、硬そうで、ところどころが鋭角で、でもぜんたいに平らで、帽子とは似ても似つかず、かといってマフラーでもなく、ぴったりとその女の人の頭にそって巻きついているのである。

すれちがう時に、巻きついているものの正体を知る。

生きているイグアナであった。

九月某日　晴

昨日の、イグアナを頭に巻きつけた女の人について、考えつづける。

思い返してみれば、あれはたしかに、以前隣のアパートに住んでいた、わたしが勝手に「アイドリング」と名づけたイグアナ（二二三頁参照）の、飼い主である。

遠くに引っ越してしまったと思っていたのだけれど、もしかしたら、まだ近所に住んでいるのだろうか!?

そして、いつの間に、飼っているイグアナを頭に巻きつけて歩く技術を習得したのだろう!?

九月某日　雨

パソコンが壊れる。

修理に出す。

ハードディスクが壊れてます。全部とりかえます。一ヵ月以上時間がかかります。中身はもう残りません。

と、言われる。

仕事には使っていないし、友だちが少ないのでメールをや

りとりする相手もいないし、年寄りなのでＹｏｕＴｕｂｅだのニコニコ動画だのよそさまのブログだのを見ると目がシバシバするから見ないようにしているし、スカイプも使わないしで、実のところこれといった早急のさしさわりはない。

けれど、そのかわりに、ウィキペディアで「びびんこ」の意味を調べたり、いやな響きで鳴く虫を検索してじいっとその声に聞きいったりするのに大いに活用していたし、その虫の声はちゃんとデスクトップに置いて毎日聞けるようにしていたし、「びびんこ」している何人もの人たちだって、大切にフォルダに保存していたのだ。

ショックのあまり、いちにち布団から出られず。

九月某日　曇

見られなくなると、いつもの百倍くらい、「びびんこ」写真に思いがつのる。

それから、いやな声で鳴く、あの虫の声にも。

近所をさまよって、イグアナを頭に巻いた女の人をさがしまわる。

でも、見つからず。心の穴を、風がすうすう吹きぬけてゆく気分。

九月某日　晴

アカハライモリのオスが出すフェロモンの名前は、「ソデフリン」という。

あかねさす紫野行き標野《しめの》行き野守は見ずや君が袖振る
という、額田王《ぬかたのおおきみ》のつくった和歌由来の命名だそうである。

それから、奈良地方のアカハライモリの変種のオスのフェロモンは「アオニリン」。

あをによし奈良の都は咲く花のにほふがごとく今盛りなり
という、小野老《おののおゆ》のつくった和歌由来の命名である。

心の穴を埋めるため、「ソデフリン」や「アオニリン」を分泌するアカハライモリのオスらのことを、ずっと考えつづける。

だいぶん、回復する。

どうやらわたしの心の穴は、爬虫類《はちゅうるい》、両生類、昆虫、などによって埋めることができるもよう。いったいいつから、こういう体質になったのだろうか……。

しまい忘れた、あれ。

十月某日　雨

昨年に引き続いて、また外国に仕事にゆく。

すっかり外国づいているので、だんだんに外国が怖くなくなっている。泊まったホテルの部屋の枕もとのテーブルに、前回の外国行きで余ったこまかいコインのありったけをかきあつめてチップを置く。全部で1ドル5セント。すっかり外国慣れしたものだと、自画自賛する。

十月某日　雨

昨日地下鉄に乗ってお札をくずしたので、持っているコインの種類がふえる。

今日は枕もとのテーブルに、1ドルコイン一つを置く。

10セントコインや25セントコインや1セントコインをごちゃごちゃ置いた昨日よ

りも、さらに洗練された外国的行為をおこなったものだと、自画自賛する。

十月某日　雨

ところが、昨日仕事を終えてホテルの部屋に帰ってくると、コインがそのままに。一枚だけだと受け取ってくれないのか!?

せっかくの自画自賛の気分が、しゅーっと抜けてゆく。

十月某日　雨

今日はちゃんとチップを受け取ってもらおうと、「Thank You」と書いたメモの上に、1ドルコインを置く。

帰ってくると、ちゃんとコインはなくなっていた。やはり自分は外国的行為になじみつつあるのだと、あらためて自画自賛。

十月某日　曇

今日も1ドルコインと、「Ｔｈａｎｋ Ｙｏｕ」のメモを置く。
帰ってくると、なんと手紙がテーブルの上に。

「親愛なるヒロミ
ハーイ。いかがお過ごしですか？　この街に滞在するのにわたしたちのホテルを使ってくれて嬉しいわ。滞在を楽しんでくださることを祈ってます。もし何かわたしにできることがあったら言ってください。今後の滞在も、どうか楽しんでね。
セシリア」

手紙の上には小さなチョコレートが二つのっている。
外国の人から手紙をもらった喜び。そして、手紙に外国語で返事を書かなければならないのではないかというプレッシャー。とても複雑な、シマシマの気持ちをもてあましつつ、けれどそこはかとなく、嬉しい。

十月某日　曇

枕もとに、1ドルコインと、昨夜ようよう書いたセシリアへの簡単な手紙を置く。

帰ってくると、なんとセシリアから、昨日よりも長い手紙が。そして、チョコレートも、また二つ。

けさのより長い手紙を書かなければならないというプレッシャーにおしつぶされつつ、必死に辞書を引き引き、返事を書く。外国の聴衆の前で話す内容を考える時よりも、数段熱意をこめて、書く。

十月某日　ハリケーン

帰ってきて、セシリアの手紙を探すも、何もなし。

昨日書いた手紙が熱すぎて、引かれたのだろうか。それとも、知らずに外国的禁忌をおかしてしまって、セシリアの怒りをかったのだろうか。それとも、セシリアはもうすっかり面倒になってしまったのだろうか。

肩をおとして、一緒に外国に来たみんなとお酒を飲みにゆく。

深夜、帰ってくると、なんと枕もとのテーブルに、セシリアの手紙が。

「親愛なるヒロミ
今日は、非番だったの。でもヒロミからの手紙があると聞いたので午後に来て、返事を書いてます。

明日はもう、出発ね。手紙を交わせて、とても嬉しかったわ。このホテルのこと、忘れないでね。再びこの街に来た時には、ぜひまた泊まってください」

そして、チョコレートがまた二つ。

顔も知らないセシリアとの、ほのかな友情に、はんぶん泣けてくる。きっともう一生セシリアと会うことはないのだ。セシリアのことをしみじみ思いつつ、寝入る。

十月某日　曇

慣れ親しんだホテルの部屋を引き払う。セシリアへの最後の手紙の上に、チップを2ドル置く。

空港でも、飛行機に乗ってからも、ずっとセシリアのことを思いつづける。

成田に着き、突然おそろしいことに気づく。

おととい シャワーを浴びた時に洗って干しておいたパンツを、そのまま浴室に干しっぱなしにして、忘れてきてしまったのである。

結局、セシリアのわたしにかんする最後の記憶は、「しまい忘れた、おへそまでくる、でかい白いパンツを忘れた日本人」ということになる。

諸行無常、諸行無常、と胸の中でとなえつつ、吉祥寺行きリムジンバスに粛々と乗りこむ。

大仏とマチュ・ピチュ。

十一月某日　晴

飲み会。

久しぶりに恋愛をしているという女の子の話を、みんなで熱心に聞く。

「彼って、やさしくて」

「ちゃんとエスコートしてくれるし」

「誕生日のプレゼントとかも、すごくセンスがいいの」

「お店もよく知ってるし」

と、いうことのない彼氏である。みんなで囃《はや》すと、女の子は嬉しそうに頬をそめる。

だんだんお酒がたくさん入ってきて、話題はうつる。女の子は、にこにこと聞いている。はっと気がつくと、女の子はワインの瓶をだきしめて、くいくい飲みつづけている。

「いい彼ができて、よかったね」

と、社交辞令のような気持ちで言ってみる。女の子は、はい、ありがとうございます、と答え、それから突然、

「彼、どんなきれいな女優やアナウンサーがテレビに出てても、必ず『きみの方がきれいだよ』って言ってくれるんです」

とつぶやく。はいはい、と、お腹の中でわたしもつぶやいていると、女の子は続けて、

「でも、ツキノワグマや、ダチョウや、ウナギが出てきた時も、『きみの方がきれいだよ』って言うんです。これ、どういう意味だと思いますか？」

とつぶやく。よく見ると、笑っていると思っていた女の子の顔は、ほとんど泣きだしそうである。

「奈良の大仏や、マチュ・ピチュの遺跡や、サッカーの本田が出てきた時も『きみの方がきれいだよ』って……」

一刻も早く女の子から離れようと、這《は》うようにして座席を移動する。

十一月某日　晴

部屋で仕事をしていると、ピンポンが鳴る。

インターフォンごしに誰何《すいか》すると、

「純金の観音を売っている者です」

との答えが。

じつは、「純金の観音」を売りに来られたのは、三回めである。今回も、「観音」という響きのおそろしさに（「仏像」ならば、まだそんなにこわくないような）、そそくさと「す、すみません、ま、まにあってます」とインターフォンを切ってしまった。けれど今回は、「純金の観音」を売っているのはどんな人なのか見ようと思いつき、数秒後にそっと玄関の扉を少しあけて、観察することに。

お隣のピンポンを押しているその姿は、紺色のスーツ、少し乱れた髪、ショルダーバッグ、中肉中背、であった。

いったい、純金の観音は、どこにおわすのか。あの薄いショルダーバッグの中なのか。それとも、どこかの倉庫に山をなしているのか。

「けっこうです」というお隣の決然とした声が、インターフォンごしに聞こえてくる。中肉中背の観音売りは、頭をふっふっふっと揺らし、髪が、さらに乱れる。

十一月某日　曇

友だちと東京駅の近くでランチ。

皇居のお堀端を、食後に散歩。友だち曰く、

「あたしさ、若いころこのへんの事務所でバイトしてたんだけど」

「うん」

「ほら、お堀に白鳥がいるでしょ、そこそこ」

たしかに、白鳥が二羽、優雅に泳いでいる。

「事務所の上司がね、白鳥のたまごは、すごくおいしいですよーって、教えてくれた」

適切な相槌《あいづち》、うてず。

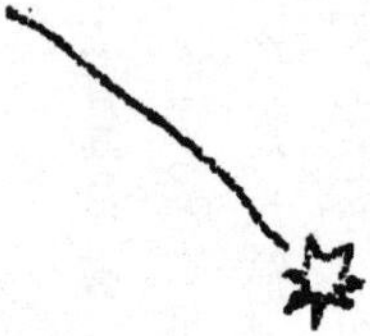

伊坂幸太郎とペリメニ。

十二月某日　晴

毎年受けている人間ドックで、「要精密検査」の項目があったので、病院に行く。生まれてはじめて、ＭＲＩというものを受ける。

「いれずみをしていますか」

と、聞かれる。

「し、してません」

「そうですか。いれずみ、ことに青いいれずみをしていると、その部分がＭＲＩで熱く焼けてしまうのですよ」

技師の人は、たんたんと教えてくれる。

「あと、ヒートテックの下着は、つけてないですよね」

「つ、つけてません」

ヒートテックも、中にふくまれる鉄分のために熱くなってしまう可能性があるのだと、技師の人は教えてくれる。

横たわって、筒状のあの機械にすいこまれる直前、技師の人はさらに、

「念のためですが、眉いれずみも、してませんよね」

「し、してません」

眉いれずみ、というものの意味がわからないままに、答える（家に帰ってから友だちに電話で聞いてみたら、昨今、美しい形の眉をいれずみにして、いちいち整えなくてもいいようにできる由。たまげる）。

帰りぎわ、

「あのう、いれずみしてる人は、どうやってＭＲＩを受けるんですか」

と聞くと、技師の人は涼しい顔で、

「けずり取るとか？」

全国のいれずみをしている方たち、そのことを、知ってましたか？　これからいれずみをする方たち、いれずみをすると、ＭＲＩを受ける時にたいへんだという覚

悟が必要ですよ……。

十二月某日　雪

ロシアに行く。

外国づいているこのごろの、今年最後の外国行きである。

ホテルで夕食。

帝政ロシア時代に建ったというヨーロッパふうのホテルのためか、ロシア的なものよりも、ローストビーフだのステーキだのがメニューにはたくさん載っている。ロシアのものは、きっと明日から街に出てたくさん食べられるだろうと思い、けれどせめてお酒はロシアのものをと、ビールを頼むと、

「ここにはロシアのビールはありません」

と言われる。

しかたなく、オランダのビールとアメリカのビールを注文。

十二月某日　雪

いちにち仕事。シンポジウムの後、議論好きのロシアの人たちと議論をしているうちに時間がたち、気がついてみると夜の十時に。夕飯を食べそこなっていることに気づき、帰り道に食料品店に寄る。くんせいの鮭《さけ》をたくさん買って帰り、（これこそがロシアの名物）

と思いながら部屋で食べて、大満足。

けれど、翌朝通訳の女性に聞くと、

「おお、スモークサーモンはたいがいノルウェーから輸入したものですよ。おいしいでしょう？」

とのこと……。

十二月某日　雪

サンクトペテルブルク大学で、日本語学科の学生たちと対話。

日本のポストモダン文学を研究しているという学生の発表より。

「ニホンのポストモダン文学の主人公は、みんな暗くてカワイソウです。一人でずっとナヤんでいて、サミシイです。みんなタイヘンだなとオモいました」

そうか。なるほど。でも、ポストモダン文学って、いったいどんなものだろう。高橋源一郎かな。島田雅彦かな。と想像しながら、具体的にはどのポストモダン文学を読んだのですか、と聞くと、

「イサカコウタロウとミヤベミユキです」

との答えが。

虚を衝《つ》かれた思い。なるほど、高橋源一郎、島田雅彦を待たずとも、日本でもっともポピュラーなこの二人にして、主人公はさみしい人たちなのだ。日本人って、そんなにも、悩めるさみしいタイプばかりだったんだ……。

十二月某日　雪

今日こそ純ロシア的なものを食べるぞと、通訳のロシア人女性に頼みこみ、街のごく一般的なお店に案内してもらう。

「ロシアのいちばん普通の人たちが来るお店です」

通訳の女性は言いながら、扉を押す。店の中は、ロシアの老若男女でいっぱいだ。今度こそ、と期待しつつ、メニューを開くと、最初のページにはカニカマ入りの手巻き寿司が、ばんと写真入りで載っている。泣き崩れそうになるが、気を取り直して唯一メニューにあったロシア郷土料理ペリメニ（ロシアふう水餃子）を、五皿注文。

お腹がぱんぱんになるが、意地で完食。ロシアの人がイメージする日本と、実際の日本。日本人がイメージするロシアと、実際のロシア。その差異と齟齬《そご》について学んだ、貴重な旅行でありました（テクストは、伊坂幸太郎とペリメニ）。

まっさお。

一月某日　晴

昨日、退院。

じつは、十二月末に手術を受けたのである。

無事手術は終わり、お正月早々自宅に帰ってくる。

箱根駅伝は、病院のテレビでイヤホーンをつけてこそこそ見ることになるかもしれないと思っていたところが、家のテレビで大音声視聴ができることとなり、大いによろこぶ。

まだ手術後のよれよれな体のまま、長椅子に横たわって、くいいるように駅伝を見る。

一月某日　晴

引き続き、箱根駅伝を見る。

手術後、もっとも弱っていた日（術後、集中治療室に二十四時間滞在したのち、翌日自分の病室に戻ってきた時）に、全日本フィギュアスケート選手権をテレビで見たことを、なつかしく思い出す。

羽生結弦《はにゅうゆづる》が四回転ジャンプを成功させました！

浅田真央、トリプルアクセル飛びました！

という中継を、半分意識を失いながら（まだ麻酔が体に残っているため）、それでもしっかり聞いていた（麻酔のため、目が閉じぎみなので、耳だけで聞いていた）自分を、ほめてやる。

そして、今日も駅伝を隅から隅まで余さず見る。疲れきったけれど、それでも決してベッドに戻らず、テレビの前の位置を死守した自分を、ほめてやる。

いったいそれらが、ほめるべき行為なのかさっぱりわからないまま、ほめてやる。

（どちらかといえば、やってはいけない行為なのではないかという疑いのほうがま

さっているけれど、ここは気合で、ほめてやる）

一月某日　晴

だいぶん、回復する。

けれど、手術後の絶食のために減った体重が、元に戻らない。

ことに、胸がやせて困る（ウエストは、あまり減らない）。

すべてのブラジャーが、ゆるゆるになっている。

しかたなく、通信販売の安価なブラジャーを注文する。

一月某日　晴

ブラジャーが届く。

「体重は半年もすれば元に戻ります」と、お医者さんが保証してくれたので、このブラジャーはごく短期間しか身につけないものである。

せっかくなので、一生身につけることはないと思っていた色を注文することにして、それらは、そら豆の緑色と、青空の青と、ざくろの実のピンク色なのであった。
届いた包みを開けて、あらためてその異常な派手さに感嘆する。

一月某日　晴

退院後、はじめての仕事で外出。
まっさおなブラジャーをつける。
ということで、四月発売の某雑誌に載る予定の対談の
わたしは、ひそかに、まっさおなブラジャーをつけています。

一月某日　晴

友だちと、電話。
「うちの会社にね、いつも胸の谷間をみせつける女がいるの。そのうえ、白い服の時もピンクの服の時もブルーの服の時も、黒いエッチな感じのブラジャーをつけてて、そのブラジャーがちらっと見えるように谷間を誇示するの。どうしたら

いい？」

友だち、訴える。

参考にならないかもしれないけど、あたしは、まっさおなブラジャーと、ま緑のブラジャーと、まっピンクのブラジャー、持ってるよ。と言うと、友だち、

「あなたのような変わった女の話は、してないの。わたしが今してるのは、ちゃんと社会で生きてる女の話」

と、にべもなく、切り捨てる。

『東京日記4　不良になりました。』単行本あとがき

ぼやぼやと生きる日々の記録である東京日記ですが、この4が書かれた間は、ほんとうにいろいろなことがありました。

日本をおそった東日本大震災。そして個人的には、引っ越し（たびたびの引っ越しを重ねた人生でしたが、たぶんおそらく、しばらくはもう動かない予定）。入院。手術。

そういえば、この前の巻である『東京日記3　ナマズの幸運。』の刊行を記念してのサイン会も、前日に東日本大震災が起きたために本屋さんの入っているデパートが休業となり、結局開かれずじまいとなったのでした。

長く生きていると、いろいろあるなあ、という言葉は使い古されたものではあり

ますが、いろいろあったなあ、というのがこの巻に流れた時間を振り返った時の実感です。

ソリティアは、まだしていません。それから、お医者さんの予言どおり、術後体重はすぐさま元に戻ったのですが、なぜだか胸は元に戻らず、現在もまっさおなブラジャーはひそかに活躍しています。イグアナの本名は「ゆき」であることを最近知りました（でも自分の中では今もやはり、「アイドリング」）。

いつも読んでくださるみなさまに、心からの感謝を。

二〇一四年初春　武蔵野にて

巻末エッセイ――本当かどうかは関係のない生活

最果タヒ

生活のどこにピントを合わせるか、どう切り取るか、というところは、もはや想像力と同じなのではないか。

本当にあることでも、「本当」と認識した時点でそれはその人の主観であり、妄想であり想像であり、「本当」ではなくなるのではないか。

人として生活をする限り、生活の本当の姿は見えないのではないか。

『東京日記』を読んでいてそんなことを思った。

生きることとか自分であることとかについて、総まとめとして人生の最後に聞かれたら、やっぱり大袈裟《おおげさ》なことを考えてしまうだろうなあと思うけれど、生きることとか自分であることとかが、実はすごくくだらなくて、くだらなさに笑えたらいいのだけれど笑うほどでもない「なんにもなさ」に満たされていて、本当はずっと恥ずかしい。暮らしを丁寧にしようが雑にしようが、暮らしは暮らしであるし、汚れていくテーブルとか、洗面台とか、そういうもののことであるし、だからってひどい汚れ方はしないいし、汚れ方がひどいってニュースに取り上げられたりもしない。ほんとそういうことなのだ。なんにもないし、なんにもないのが当たり前で、でもそういうところに大切なことが宿っていますね、という発想がこの世にはあるし、そこも多分嘘《うそ》ではないのが辛《つら》いのだ。

自分を大切にとか、そういう話だけれど、自分が大切であることを、ちゃんと他人に納得してもらうことは難しい。自分にだって、本当は難しい。でもそんな、わからないからって人を乱暴に扱う人はそういないから、そういう心の問題、として話はちゃんと処理されていく。あとは最初から、他者の大切さ、人の大切さを理解している人と接するか、関わり合いにおいてその価値観を主観的に、内輪の価値観として他者と共に育てていくかのどちらかで。でも、樹齢一〇〇〇年の樫《かし》の木に、なぜ自分が大切なのですか？　と聞かれて、木が納得する答えを見つけられるかなあというと、無理だと思う。自分を大事に家族が育ててくれたから、とか、自分とは三〇年以上の付き合いだから、とか言っても「俺には関係ない話ですね」と木には言われそう。生命の尊さだって、一〇〇〇年も生きている木に通じるかわからない。

自分が無駄な一日を過ごしたり、何にもできなかった日だとか、そういうとき、失敗したとは思わなくて、本性が現れてしまった、と感じる。この無意味で価値のない感じ、これがわたしで、これを大切に思っているのは、わたしの勝手な妄想なのである。

でも、妄想があるから、面白いのだろう、と思う。
そういうことに気づけるから、他者の日記を読むのは面白い。

『東京日記』を読んでいると、「絶対に本当でないこと」には気づくけれど、それ以外の境界線はわからない。本当っぽいこと、本当でなさそうなこと、そのあたりは混ざって見えていて、そうしてそれはだんだん、生活には関係のないことのような気がしてくる。川上さんの実際の生活には関係があるのだけれど、川上さんを通じてそれを知るしかないわたしたちには、そこってあまり関係なくて、そのかわり、「川上さんを通じて」いることが、「関係のあること」として強く主張してくる。

本当だろうが虚構だろうが、川上さんを通じているという部分だけは確かだと感じる。それ以外に何が要るのだろう?

生きることがどうだ、とか、自分という存在がどうだ、とか、生活の尊さがうんぬん、とかはどうだってよく、「川上さんを通じて」の面白さにハッとする。ついで、こっそり「自分を通じて」の面白さにもハッとする。自分が自分を生きるということは、その時点でへんてこで歪《いびつ》で、虚構に満ちているが、そのリアリティのなさのおかげで、日々をやっていけているのではないか。こうやって書いていると、だんだんに毎日何杯も飲んでいるコーヒーが、実は全然おいしくなかったような気がしてくる。かわいいと思って持っていたカバンが、急にスーパーの袋のように見えてくる。根拠なんて最初からなかった、でも、無根拠であることがなんの意味もなさない世界だった。そういう曖昧さのせいで、わたしの暮らしが完全にわたしだけのものになる。『東京日記』をみんな、頭の中に書くようにして生きているのかも、だから、やっていけているのかも。もちろん、実際に書くのと頭の中で書くのは全然違う、頭の中にあるのは本当は、気配とか歯応えとかそういう実感だけで、曖昧さそのものをそのまま頭に残すことはできないでいる。わたしは「わたし」だから、その歪さに気づかない。歪さを軸にして、それらに反応するように、思ったり考えたりしてしまっているから。そのためにすぐ忘れていってしまうのだろう。本当は知らない、そのものを知ることもない、知らないままなのに、知らないままで忘れていく。頭の中にあるはずのものに、実際に出会えることってきっと滅多にないのだ。

けれど、川上さんの日記を読むと嬉《うれ》しい。全然知らない日常だけど、でもこの「わたしだけのもの」の感じだけはとっても近い、自分と同じだ、なんて思えて懐かしくなる。違う日常、違う発想しかないのにそう思うから、だからこそ、嬉しくなるんだ。

そういえば、川上さんが『東京日記』で切り取る他人の言葉がわたしは好きで、切り取られた人は覚えてなさそうな（と、勝手に私は思っているのですが）そういう言葉が、こうして文として残されていくことになんだか昆虫採集みたいな面白さを感じています。私もよく言い間違いだとか、急に豆知識がつるっと口から出てしまうことがあるのですが、なんでかいつも忘れてしまっていて、そういうことをのちのち指摘されて、時折、自分のドッペルゲンガーに会ったような気持ちになるのです。昆虫は「自分が生きている」ということにあまり意識が向いてなさそうだな、とよく思うのですが（種という母体が放った子機という感じがします）、そういう無意識が、こうした言葉にもある気がして、でも、採集され並べられると、やっぱりちゃんと生き物なのですよね。言葉単体で。わたしより、わたしの口から滑り落ちた言葉の方が生きているかも、なんて思って、それはすこしわくわくしました。

（さいはて・たひ　詩人）

文庫版あとがき

日記がいいのは、書いておかなければ絶対に忘れてしまう些事《さじ》が記録されているところなのではないでしょうか。東京日記の中でも、のちに読んでわたし自身がはっとするのは、自分にとっての大きなできごとの部分ではなく、徹頭徹尾どうでもいい部分だったりします。

たとえば、「阿闍梨《あじゃり》スペシャル」。東京日記に書いていなければ、たぶんその日のことは全く覚えていなかったと思うのですが、今読み返すと、その時一緒にいたひと、入ったお店の匂い、乗った電車のスピードまでを、ありありと思いだすことができます。

「インド人もしっとり」という言葉も、書かなかったらもちろん忘れていたと思います。でもこうして読み返すと、その時に一緒にお酒を飲んだひとたちの声まで思いだすことができる心地となります。

もちろん、自分にとっての大きいできごと関係についても、日記は重要。中でも、登場頻度の高い「辰巳芳子《たつみよしこ》流のおせち」。作りつづけて現在十三年目、ようやく完成後も疲労困憊《ひろうこんぱい》しなくなりました。毎年一回しかつくらないので、全然上達はしませんが。あとは、パンツについての記述の出現率。急速に減ってきつつあります。生命力とパンツ記述欲は連動しているのではないかと、少々不安。そして、老人の後をつける率にいたっては、近ごろゼロです。なんとなれば、自分自身が老人となってしまったから……。

ちなみに、ソリティアは、もちろんまだ断っています。幸田文《こうだあや》ごっこも、月に何回かしています。これもまた、日記の効用。書くことによって、流れゆく時への把手《とって》のようなものができる、という感じでしょうか。

最後に、すばらしい巻末エッセイを書いてくださった最果《さいはて》タヒさんに、心からの感謝を申し上げます。このあとがきを書いたあとに、最果さんの巻末エッセイを読んだら、「他人の言葉」についで最後にふれてくださっていて、「インド人もしっとり」その他、いやあ、書いておいてほんとうによかったと、あらためて嬉しくなっております。

二〇二〇年秋　武蔵野にて

本書は、平凡社より刊行された『東京日記3　ナマズの幸運。』（二〇一一年一月）と、『東京日記4　不良になりました。』（二〇一四年二月）を文庫化にあたり、一冊に再編集し、『東京日記3+4　ナマズの幸運。／不良になりました。』と改題したものです。

初出
「東京人」二〇〇七年五月号～二〇〇八年八月号
「WEB平凡」(http://webheibon.jp/) 二〇〇八年九月～二〇一三年三月

本文イラストレーション／門馬則雄
本文デザイン／宇都宮三鈴

川上弘美の本

東京日記1+2

卵一個ぶんのお祝い。/ほかに踊りを知らない。

不思議におかしい、カワカミさんの日常生活記。「少なくとも、五分の四くらいは、ほんとうです」。文庫化にあたり単行本一巻と二巻を合本。門馬則雄氏のイラストもたっぷり収録しました。

集英社文庫

東京日記《とうきょうにっき》 3+4 ナマズの幸運《こううん》。／不良《ふりょう》になりました。

2020年10月30日 第1刷　定価はカバーに表示してあります。

著者 川上弘美《かわかみひろみ》

発行者 徳永 真

発行所 株式会社 集英社
東京都千代田区一ツ橋2-5-10 〒101-8050
電話 【編集部】03-3230-6095
【読者係】03-3230-6080
【販売部】03-3230-6393(書店専用)

印刷 大日本印刷株式会社

製本 大日本印刷株式会社

フォーマットデザイン アリヤマデザインストア　マークデザイン 居山浩二

ISBN978-4-08-744166-6 C0195